地狱变

[日]芥川龙之介 / 著

高 文 / 译

民主与建设出版社

·北京·

© 民主与建设出版社，2020

图书在版编目（CIP）数据

地狱变 / （日）芥川龙之介著；高文译. --北京：
民主与建设出版社，2021.1
ISBN 978-7-5139-3230-1

Ⅰ.①地… Ⅱ.①芥… ②高… Ⅲ.①短篇小说—小
说集—日本—现代 Ⅳ.①I313.45

中国版本图书馆CIP数据核字（2020）第188190号

地狱变
DIYU BIAN

著　　者	［日］芥川龙之介	
译　　者	高　文	
责任编辑	胡　萍	
封面设计	尚上文化	
出版发行	民主与建设出版社有限责任公司	
电　　话	（010）59417747　59419778	
社　　址	北京市海淀区西三环中路10号望海楼E座7层	
邮　　编	100142	
印　　刷	大厂回族自治县德诚印务有限公司	
版　　次	2021年1月第1版	
印　　次	2021年1月第1次印刷	
开　　本	880毫米×1230毫米　1/32	
印　　张	6.5	
字　　数	124千字	
书　　号	ISBN 978-7-5139-3230-1	
定　　价	49.80元	

注：如有印、装质量问题，请与出版社联系。

目录＿＿contents

地狱变

一

堀川大公那样的人，往昔自不必说，到了后世，恐怕也找不出第二个可以和他相比的了。据说在他诞生以前，他母亲曾梦见大威德明王大驾光临。因此他天生的禀赋，和普通人就是迥然不同的。他的一生行事，没一件不出人意料。远的不提，就说堀川府邸的规模吧，说壮观也罢，说雄伟也罢，反正独具一格，远非我等庸人之见所及。外面不少议论，把大公的性格比之秦始皇、隋炀帝，那也不过如俗话所说"瞎子摸象"，老爷的尊意，绝不是自图荣华富贵，而是体念百姓的疾苦，也就是说，他有着以普天下之乐为乐的那种豁达的气度。

因此，遇到二条大宫的百鬼夜行，他也全不害怕。另外，因模仿陆奥盐釜景致而闻名的东三条河原院，据说里面夜夜出现融左大臣的幽灵，它也肯定是在受到大公斥责之后才销声匿迹的。大公既然这样的威风凛凛，那时候京都的男女老幼，只要一谈起来，当然也就异口同声地尊崇他是菩萨再生，这也绝不是没有道理的事。有一次，大公参加了大内的梅花宴回来，拉车的牛在路上使性子，撞翻了一位过路的老人。但是这个老人反而合手膜拜，感谢给大公的牛撞上了。

由此之故，大公一生留下了许许多多足以传之后世的奇闻逸事。例如他在宫廷大宴上，一高兴，就赏人白马三十匹；叫宠爱的童子为长良桥舍身奠基；叫一位有华佗之术的震旦僧，给他的腿疮开刀——像这样的故事，真是屈指难数。不过，诸多逸事之中，最恐怖的，莫过于至今仍视为传家之宝的地狱变屏风的由来。就连一向不露声色的大公，当时似乎也为之震惊。至于我们这些内侍吓得魂飞魄散，就更用不着去说了。其中比方是我，给大公奉职二十年来，也从来没见到过这样凄厉的场面。

不过，在讲这个故事之前，先得说说那座地狱变屏风的创作者——画师良秀的事儿。

二

讲起良秀，直到今天，大概也还有人记得。当时良秀是名重一时的画师，论起绘画的才华，无人能出其右。发生那事的时候，他已过了五十大关，有年纪了。模样是一个矮小的、瘦得皮包骨头的、脾气很坏的老头儿。来府里拜谒大公时，他总是穿一件丁香色的猎衣，戴着乌布软帽。良秀的人品极为低下，他有一张不像老人该有的血红的嘴，显得特别难看，好像野兽。有人说，那是因为舔画笔的缘故，可不知是不是这么回事。更有些尖嘴薄舌的人，说良秀的形容举止像个猴子，竟给他起了个诨名叫作"猿秀"。

起这个诨名也有一段故事。良秀有个独生女儿，年方十五，当时在堀川大公的府中做小侍女，她是个甜美可爱的姑娘，完全不像生身父亲，可能因为早年丧母，年纪虽小，却特别懂事、伶俐，对世事很关心。夫人和众侍女都很喜欢她。

有一次，丹波国献上了一只驯化了的猴子。顽皮的小公子给它起了个名字叫良秀，那小猴子本来模样就够滑稽的，再有这么个名字，府邸里没有一个人不笑的。为了好玩，大家见它趴在大院松树上，或躺在房间席子上，便叫着良秀良秀，逗它玩乐，故意捉弄它。

有一天，方才已经讲过的良秀的女儿，手拿系着一封信札的红梅枝，打长廊经过，只见廊门外逃来那只小猴良秀，大概腿给打伤了，爬不上廊柱，一拐一拐地跑着。后头，举着一根树条的小公子一路追来，边追边喊："好个偷橘贼！还不站住，还不站住！"良秀女儿见了，略一踟躇，这时逃过来的小猴抓住她的裙边，呜呜地直叫——她心里不忍，一手提着梅枝，一手将紫色的大袖轻轻一甩，把猴儿抱了起来，向小公子弯了弯腰，柔和地说："恕我冒犯。到底是个畜生，请您饶了它吧！"

小公子正追得起劲，马上脸孔一板，顿起脚来：

"为什么护着它？那猴子是偷橘子的贼！"

"畜生呀，不懂事嘛……"

女儿又求着情，轻轻地一笑：

"再说叫起良秀来，总觉得是父亲挨打受骂，不忍心看着不管。"她如此一说，迫得小公子也只好罢手了。

"是吗？既然你是为父亲求情，那我姑且饶过它吧。"公子勉勉强强地应允，将木棒一丢，转身回房去了。

三

从此以后，良秀女儿便和小猴亲热起来。女儿把公主给她的金铃用红绸系在猴儿脖子上。猴儿依恋着她，不管遇到什么总绕在她的身边不肯离开。有一次姑娘感染风寒，躺在床上，小猴子便规规矩矩地坐在她枕头边，一脸忧心忡忡的模样，一个劲儿地啃自己的爪子。

奇怪的是，从此也没人再欺侮小猴了，最后连小公子也对它好了，不但常常喂它栗子，而且如果有哪个仆人踢了这小猴，小公子就会勃然大怒。据说一次大公特意叫良秀女儿抱猴参见，大概也是因为听说少女喜爱小猴的缘故吧。

"有孝心，该赏该赏！"大公当场赏了她一件红衬衣，而小猴也学着姑娘的样儿，恭恭敬敬地拜受了这件衬衣。大公一看，更是欣喜万分。因此大公分外宠爱良秀的闺女，是出于喜欢她爱护猴儿的一片孝心，并不是世上所说的出于好色。这些事等我到后边，再慢慢来说。在这儿我只想说一句：不管她长得多么美丽动人，大公那种身份的人也不会爱上画师这类人的姑娘。

却说良秀女儿挣到很大面子，从大公跟前退出来。因为她本来就是一位灵巧的姑娘，也没引起其他侍女的嫉妒。反而从此以后，她跟猴儿一起，总是不离公主的身边，每次公主乘车出外游览，也缺不了她的陪从。

姑娘的事先放在一边，再说说她父亲良秀。虽然小猴子良秀得到了大家的疼爱，可是良秀本人却依然是人见人厌，背地里人们仍叫他"猿秀"，并且已不限于府内，甚至横川的和尚们每逢提起良秀也都像撞见什么魔障一般，脸色为之一变（当然，据说这是因为良秀把和尚们的形状画得滑稽可笑之故。但终属街谈巷议，未必确实）。总之，不论在哪里，他的名声都是不好的。不说他坏话的，只是少数画师，或只见过他的画，没见过他本人的那些人。

实际上，良秀这人不光是模样卑琐，他还有好些更招人嫌恶的毛病，所以只能说他全是自作自受。

四

那毛病便是：吝啬、贪婪、无耻、懒惰、自私。而特别无可救药的，恐怕还是骄傲自大和刚愎自用，无时无刻不以本朝第一画师自吹自擂。如果单在画技上，倒还可说，可他就是骄傲得对世上一切习惯常规，全都不放在眼里。据他一位多年的弟子说，有一次府里请来一位大名鼎鼎的桧垣的女巫，降起神来，口里宣着神意。可他听也不听，随手抓起笔墨，仔细画出女巫那张吓人的鬼脸。在他眼中神灵作祟大概是欺骗小孩的东西哩！

因为他是这样的人，他画吉祥天神时，画成一张卑鄙的小丑脸，画不动明王时，画成一副流氓无赖样，故意做出那种怪僻的行径。要是有人为这件事责备他，他就会满不在乎地打哈哈说："良秀画出来的神佛，神佛还要暗地里去惩罚良秀，那可真是个奇闻！"这时连他的弟子们也被吓得目瞪口呆，其中有些人想想将来可怕的后果，寻机急忙溜走了。一言以蔽之：唯以亵渎神明为能事。总之，此人认定当时天下舍己其谁也！

因此不管良秀画法怎样高明，也只是到此为止了。当然，纵使其他画作，用笔设色也与一般画师截然不同。同他关系不好的画师，骂他是骗子者亦不在少数。据他们说，川成、金冈等古之名家，笔下或是疏影横窗暗香浮动，或是屏风宫女笛声可闻，俱是优雅题材。及至良秀之作，无一不令人毛骨悚然，莫名其妙。就以他为龙盖寺画的五趣生死图为例，据说夜半更深从门下通过，每每听得天人叹息啜泣之声。甚至有人说嗅到了死人腐烂的气味。又说，大公叫他画那些侍女的肖像，被画的人，不出三年，都得疯病死了。照那些讲良秀坏话的人说，这是良秀堕入邪道的证据。

然而，正如前面所说，由于良秀原本就是个天马行空之人，如此说法反倒使他更加目空一切。一次大公跟他开玩笑说："总之你是喜欢丑陋的啰！"他居然咧开老来红的嘴唇怪里怪气地笑着，大言不惭地回答："诚哉斯言。平庸画师安知丑陋之美乎！"就算是本朝第一的大画师吧，可他居然当着大公的面，也敢放言高论。难怪他那些弟子，背地给他起一个诨名，叫"智罗永寿"，讽刺他的傲慢。大家也许知道，所谓"智罗永寿"，那是古代从震旦传来的天狗的名字。

可是，就连这个良秀——就连这个难以用语言来描绘的自大狂的良秀，也还是一个富有感情的人。

五

原来良秀对当侍女的独生女爱得简直跟发疯似的。前面说过，女儿是性情温和的孝女，可是他对女儿的爱，也不下于女儿对他的爱。寺庙向他化缘，他向来一毛不拔，可是对女儿，身上的衣衫，头上的首饰，却毫不吝惜金钱，都备办得周周到到，慷慨得叫人难以相信。

但是良秀疼爱女儿，仅仅是疼爱罢了。他压根儿就没有想过，快些给女儿找个好女婿，不过若是有人对这姑娘恶语中伤的话，他甚至会纠合街上一些无赖之徒，暗地狠狠揍人家一顿。正因为这样，他女儿在老爷关照下，当了小侍女的时候，他对大公非常有意见，每当到大公跟前，总是神色不悦。所以外边流言：大公看中他女儿的美貌，不管她老子情不情愿，硬要收房，大半是从这里来的。

这流言是不确的，可是溺爱女儿的良秀一直在求大公放还他的女儿，倒是事实。有一次大公叫一个宠爱的童儿做模特儿，命良秀画一张幼年的文殊像，画得很逼真，大公大为满意，便向他表示好意说："你要什么赏赐，尽管说吧！"

良秀恭恭敬敬，不料却不知天高地厚地脱口说："请赐还我的女儿吧。"

如果在别的府邸倒还罢了，可是在堀川大公近侧侍奉，不管是父亲多么宠爱女儿，这么唐突地提出辞职的话，也真是天下少见呀！这时候，宽宏大量的大公也有些不高兴了，沉默了一会儿，看着良秀的面孔，冒出一句话："那可不行！"站起身来匆匆而去。这类事有过四五次，后来回想起来，每经一次，大公对良秀的眼光，就一次比一次地冷淡了。和这同时，女儿也可能因担心父亲的际遇，每从府里回来，常咬着衫袖低声哭泣。于是，大公对良秀女儿心存异想的说法越发满城风雨。有人竟说地狱变屏风的由来，即是在于少女未让大公随心所欲。事情当然不致如此。

在我们看来，大公不肯放还良秀的女儿，倒是为了爱护她，以为她去跟那怪老子一起，还不如在府里过得舒服。这本来是对这女子的好意嘛，好色的那种说法，不过是牵强附会、无中生有的谣言。

这个姑且不提。现在要说的事情发生在大公因少女之事而对良秀大为不快之时。不知何故，大公突然召良秀进府，命他画一幅地狱变屏风。

六

一提起地狱变屏风，那惨绝人寰的图景便历历浮现在我的眼前。

同样的地狱变，良秀画的同别的画师所画，气象全不一样。屏风的一角，画着小型的十殿阎王和他们的下属，以后满画面就是一片连刀山剑树都会烧得熔化的熊熊火海。除掉捕人的冥司服装上的黄色蓝色以外，到处是烈焰漫天的色彩。屏风上方飞舞着卍字形墨点的黑烟和金色的火花。

光是这样，那笔势已经够使人惊心动魄的了。可是又加上被地狱之火烧得翻滚受苦的罪人，其中几乎没有一个是平常地狱图里的人。总之，如此形形色色的诸多男女，无不惨遭牛头马面的摧残，在上下翻腾的浓烟烈火中如风吹败叶般四下狼狈逃窜。那头发被绞在钢叉上，四肢比蜘蛛还蜷缩得紧的女人大概属巫婆一类；那被长矛穿胸，如蝙蝠般大头朝下的汉子必是贪官污吏之流。此外众人，或被钢鞭抽打，或受磐石挤压，或遭怪鸟啄食，或入毒龙之口——惩罚方式亦因罪人数量而各各不同。

其中最触目惊心的，是半空中落下一辆牛车，已有一半跌落到野兽牙齿似的尖刀山上（这刀山上已有累累的尸体，五体被刀尖刺穿）。被地狱的狂风吹起的车帘里，有一个形似嫔妃、满身绫罗的宫女，在火焰中披散着长发，扭歪了雪白的脖子，显出万分痛苦的神情。从这宫女的形象到正在燃烧的牛车，无一不令人切身体会到火焰地狱的苦难。整个画面的恐怖气氛，可说几乎全集中在这人物的身上了。它画得这样出神入化，看着看着，耳里好似听见凄厉的疾叫。

咳，你可知道，就是为了画这个场面，才发生了那桩可怕的事件。如果不是因为那桩可怕的事件，任凭良秀怎么高明，也画不出这么栩栩如生的地狱的苦难啊！画师完成了这幅屏风，却落了个连性命都丢了的凄惨下场。可以说，这幅画上的地狱，也是本朝天下第一画师良秀本人不知几时要掉进去的地狱。

我急着讲这珍贵的地狱变屏风，把讲的次序颠倒了。接下去讲良秀奉命绘画的事吧。

七

自此五六个月时间里，良秀从未进府，一头扎进屏风画的创作之中。说来也真是不可思议，那般视子如命之人一旦拿起画笔，竟也断了儿女心肠。据上面提及的弟子的说法，此人每当挥笔作画，便仿佛有狐仙附身。实际上时人也风传良秀之所以成为丹青高手，乃是由于曾向福德大神发誓许愿之故。甚至有人作证，说一次从隐蔽处偷看正在作画的良秀，但见数只灵狐影影绰绰，围前围后。所以他一提起画笔，除了画好画以外，世界上的什么事都忘了，白天黑夜躲在见不到阳光的黑屋子里——特别是这次画地狱变屏风，那种狂热的劲头，显得更加厉害。

这里所说的闭门创作，并非指他白天也落下木板套窗，在高脚油灯下摆好秘制画具，令弟子穿上朝服或皂衣等各式服装，逐一细细摹画——如此的别出心裁，即使在没画地狱变屏风的平日他也随时做得出来。就以他为龙盖寺画五趣生死图那次为例，他悠然自得地坐在常人避而不视的路旁死尸跟前，毫发毕现地将几乎腐烂的面孔手足临摹一番。那股走火入魔的劲头，一般人怕是很难想象是怎样一种光景。此刻没工夫详细讲说，单听听最主要的一点，就可以想象全部的模样了。

良秀的一个弟子（这人上面已说起过），有一天正在调颜料，忽然师傅走过来对他说："我想睡会儿午觉，可是最近老是做噩梦。"这话也平常，弟子仍旧调着颜料，随口应了一声："是么？"可是良秀显出悄然的神色，那是平时没有过的，很郑重地恳求他："在我睡午觉时，请你坐在我头边。"弟子想不到师傅这回为什么怕起做梦来，但也不以为怪，便信口答道："好吧。"师傅却还担心地说："那你马上到里屋来，往后见到别的弟子，别让他们进我的卧室。"他迟迟疑疑地做好了嘱咐。那里屋也是他的画室，白天黑夜都关着门，点着朦胧的灯火，周围竖立起那座仅用木炭构好了底图的屏风。他一进里屋，便躺下来，拿手臂当枕头，好像已经很困倦，一下便呼呼地睡着了。还不到半个时辰，坐在他枕边的弟子，忽然听见他发出模糊的叫唤，不像说话，声音很难听。

八

开头只发声，渐渐地变成断续的言语，好像掉在水里，咕噜咕噜地说着：

"什么，叫我来……来哪里……到哪里来？到地狱来，到火焰地狱来……谁？你是……你是谁？……你原来是……"

弟子不知不觉把调色的手停了下来，惊慌失措地透过灯光偷偷看着师傅的脸，只见堆满皱纹的脸变得苍白，上边渗着豆大的汗珠，嘴唇干裂，露出牙齿稀疏的嘴，像喘气似的大大张了开来。在那大大张开的嘴里，有什么东西好像是用线绳牵着似的，在激烈地活动着，啊，那不就是良秀的舌头吗？时断时续的话语，原来就是从这个舌头说出来的。

"我当是谁……哼，是你么？我想，大概是你。什么，你是来接我的么？来啊，到地狱来啊。地狱里……我的闺女在地狱里等着我。"

这时候弟子的眼里，好像看到模模糊糊的奇怪的阴影，掠过屏风画面落了下来，使他胆战心惊。弟子一把抓住良秀的手，拼命地摇晃起来，可是师傅仍然在做着梦，一个人在继续讲话，看样子很不容易醒来。这时候弟子也顾不得什么了，把放在身旁洗笔的水，劈头盖脸照着师傅的脸泼了过去。

"她在等，坐上这个车子来啊……坐上这个车子到地狱里来啊……"说到这里，已变成压住嗓子的怪声，他好不容易才睁开了眼睛，仿佛被针扎了一般，一下子跳起身来，然而，梦中的鬼怪似乎仍未消失，他睁着恐怖的圆眼，张开大口，向空中望着，好一会才清醒过来。

"现在行了，你出去吧！"他这才好像没事似的，叫弟子出去。弟子平时被他吆喝惯了，也不敢违抗，赶紧走出师傅的屋子，望见外边的阳光，不禁透了一口大气，倒像自己也做了一场噩梦。

这一次也还罢了。后来又过了一月光景，他把另一个弟子叫进屋去，自己仍在幽暗的油灯下咬着画笔，忽然回过头来命令弟子：

"劳驾，把你的衣服全脱下来。"听了师傅的命令，那弟子急忙脱去自己身上的衣服，赤裸了身子。良秀奇怪地皱皱眉头，全无怜惜的神气，冷冰冰地说："我想瞧瞧铁索缠身的人，麻烦你，你得照我的吩咐，装出那样子来。"这弟子本是个勇猛的年轻人，比起握画笔来，倒是更喜欢拿大刀，可是听了这句话，也不禁大为惊骇。后来提起这件事时，他反复说："我还想是不是师傅疯了，要杀死我呢。"见弟子磨磨蹭蹭，良秀烦躁起来，不知从哪里拿出一根细铁链，哗哗地抖动着，冲过去扑到弟子背上，毫不留情地拧住他的双臂，一圈圈缠上铁链。然后，良秀又狠狠地一扯铁链的一端，这可够弟子受的，弟子趔趄一下，咕咚一声重重地摔倒，横躺在地板上。

九

那时这弟子像酒桶似的滚在地上，手脚都被捆成一团，只有脑袋还能活动。肥胖的身体被铁链抑住了血液的循环，头脸和全身的皮肤都憋得通红。良秀却泰然自若地从这边瞅瞅，从那边望望，打量这酒桶似的身体，画了好几张不同的速写。那时弟子的痛苦，当然是不消说了。

要不是中途发生了变故，这罪还不知要受到几时才完。幸而（也可说是不幸）过了一阵，屋子角落的坛子后面，好像有一道黑油，蜿蜒地流了过来。开头只是慢慢移动，渐渐地快起来，发出一道闪烁的光亮，一直流到弟子的鼻尖。弟子一看，才吓坏了：

"蛇！……蛇！"弟子后来说，当时他觉得全身的血一下子冻住了，这也是难怪的。实际上，蛇那冰凉的舌尖，差一点就要碰到弟子被锁链捆住的脖颈了。这情形实在骇人，就连蛮横无理的良秀，也不禁吃了一惊，连忙扔下画笔，迅速弯下腰，一把抓住了蛇尾，把蛇倒提起来。蛇被倒提着，使劲仰起头，骨碌碌地把身体卷上去，但怎么也无法够到良秀的手。"这畜生，害我出了一个败笔。"

良秀狠狠地嘟哝着，将蛇放进屋角的坛子里，才勉强解开弟子身上的铁链。也不对弟子说声慰劳话。在他看来，让弟子被蛇咬伤，还不如在画上出一笔败笔更使他冒火……后来听说，这蛇也是他特地豢养了作写生用的。

听了这两件事，对良秀那种发疯似的、令人害怕的痴迷劲儿，诸位想必已略有所知。可是最后，还有一个只有十三四岁的小弟子，为这地狱变屏风遇了一场险，差一点送了命。这弟子生得特别白皙，像个姑娘，一天晚上，师傅把他叫进自己屋。弟子进去一看，良秀在灯台下，手心里托着一块血淋淋的生肉，正在喂一只模样怪异的鸟。那鸟儿有猫一般大小，脑袋两侧耸起两簇羽毛，像是两只耳朵，长着一对琥珀色的大圆眼睛，看上去活像一只猫。

十

原来良秀这人，自己干的事，不愿别人来插手。像刚才说的那条蛇以及他屋子里其他的东西，从不告诉弟子。所以有时桌子上放一个骷髅，有时放着银碗、泥金高脚木盘，常有些意想不到的东西用来绘画。平时这些东西藏在哪里也没人知道。大家说他有福德大神保佑，原因之一，大概也是由这种事引起来的。

弟子心中暗想，桌子上这只奇形怪状的鸟儿，一定又是师傅画地狱变屏风用的。他一边寻思着，一边端端正正地坐到师傅面前，恭恭敬敬地问：

"您召唤我，有什么吩咐吗？"

良秀仿佛没听到他的话，舔了舔自己那鲜红的嘴唇，朝鸟儿摆了摆下巴，问：

"看看，样子很老实吧。"

"这是什么鸟，我没有见过呀！"

弟子细细打量这只长耳朵的猫样的怪鸟，这样问了。良秀照例带着嘲笑的口气：

"什么，没见过？城里长大的孩子就是这样，真没办法。这是两三天前鞍马的猎人送给我的猫头鹰。不过，这么老实的倒很少见。"

说着，举手抚抚刚吃完肉的猫头鹰的背脊。这时鸟儿忽的一声尖叫，从桌上飞起来，张开爪子，扑向弟子的脸上来。那时弟子要不是连忙举起袖管掩住了面孔，早被它抓破了脸皮。正当弟子一声疾叫，举手赶开鸟儿的时候，猫头鹰又威吓地叫着再一次扑过来——弟子忘了在师傅跟前，一会儿站住了防御，一会儿坐下来赶它，在狭窄的屋子里被逼得走投无路。怪鸟亦随之忽高忽低，一有空当便直朝眼睛啄去。而怪鸟每次都可怕地啪啪扇动翅膀，或如落叶纷飞或似瀑布飞溅或发出酒糟气味，总之诱发出一种莫可言喻的怪诞氛围，令人悚然骇然。这么着，师父房间成了深山老林中妖气弥漫的峡谷，一时心惊肉跳。

可是令弟子恐惧的并不仅仅是被猫头鹰袭击，更令他毛发倒竖的，是师傅良秀冷冷地看着眼前的骚动，徐徐展开画纸，舔了舔画笔，开始摹写姑娘般的少年被鬼鸟折磨时那凄惨的模样。弟子说，他一见这番情景，心头顿时袭来一股难以言表的恐怖，那一瞬间，他真的担心自己会被师傅害死。

十一

被师傅送命的可能不是完全没有。像这天晚上，他就是把弟子叫进去，特地让猫头鹰去袭击，然后观察弟子逃命的模样，作他的写生。所以弟子一见师傅的样子，立即两手护住了脑袋，发出一声尖叫，逃到角落拉门边蹲下身体。这当儿，良秀也好像发出一声惊叫立起身来，猫头鹰旋即变本加厉地扇动翅膀，四下传来物体翻倒破裂的刺耳声响。弟子再次大惊失色，禁不住抬起头看去：房间里不知何时已漆黑一团，师父正声嘶力竭地呼叫其他弟子。

不一会儿，有一个弟子答应着，点着灯急急忙忙跑来了。借着暗淡的油灯光看去，高脚油灯倒在那儿，地板上和铺席上撒了一大片油，一只猫头鹰痛苦地扑腾着一只翅膀，在地上直打滚。良秀在桌子那儿探起上身，好像完全吓呆了，嘴里嘟哝着，说了些谁也听不清楚的话。——原来一条黑蛇把猫头鹰缠上了，紧紧地用身子绞住了猫头鹰的脖子同一边的翅膀。大概是弟子蹲下身去的时候，碰倒了那里的坛子，坛子里的蛇又爬出来了，猫头鹰去抓蛇，蛇便缠住了猫头鹰，引起了这场大吵闹。两个弟子你望望我，我望望你，茫然瞧着这奇异的场面，然后向师傅默默地行了一个注目礼，跑出屋外去了。至于那蛇和猫头鹰后来怎样，那可没有人知道了。

这一类的事，另外还可以举出几件。前边我忘记说了，老爷吩咐画地狱变屏风是在初秋时分，从那时候到冬末，良秀的弟子们不断受到师傅怪诞举动的惊吓。但是，到了冬末，不知怎的，良秀画屏风，画得好像很不如意，他那样子比从前更加阴郁，说话也更加粗暴。同时，屏风上的草图也只画了八成就停住了，毫无进展的样子。哎呀，师傅偶尔流露出一种神气，好像连已经画好的草图也可能统统涂掉。

可是，发生了什么困难呢，这是没有人了解的，同时也没有人想去了解。弟子们遭过以前几次灾难，谁都提心吊胆地过日子，尽可能离师傅远一点。

十二

这期间，别无什么可讲的事情。倘一定要讲，那么这倔老头不知什么缘故，忽然变得感情脆弱起来，常常独自掉眼泪。特别是有一天，一个弟子有事上院子里去，看见师傅站在廊下，望着春日将至的天空，眼睛里含着满眶泪水。弟子看到这番情景，自己反而羞愧起来，默不作声地悄悄离开了。那个为了画五趣生死图，甚至不惮于去摹写路旁尸骸的傲慢之人，却因为屏风画进展得不顺利，就像孩子般哭泣起来，委实十分反常。

可是一边良秀发狂似的一心画屏风，另一边，他那位闺女也不知为了何事，渐渐地变得忧郁起来。连我们这些下人，也看出来她那忍泪含悲的样子。她本来就是一个多愁善感、面色白皙、谦恭文静的女儿家，此时睫毛低垂，眼眸染上愁晕，有分外凄凉之感。一开始，众人纷纷猜测，有的说是因为想念父亲，有的说是为恋情所烦扰，后来有传言说是大公想要她顺从自己。那之后，众人好像一下子忘记了这个姑娘，关于她的传言戛然停歇了。

就在这时候，有一天晚上，已经深夜了，我一个人独自走过廊下，那只名叫良秀的猴儿，忽然不知从哪里跳出来，使劲拉住我的衣边。这是一个梅花吐放清香的暖和的月夜，月光下，只见猴儿露出雪白的牙齿，紧紧撅起鼻子尖，发狂似的啼叫着。我的新裤子被拽住，不免有七分气恼，再加上三分害怕，所以打算踢开小猴子，扬长而去。可是转念一想，此前有个侍从就是因为欺负小猴子，惹得公子十分不快，而且看小猴子的举动，似乎发生了非同小可的事。于是我终于下了决心，顺着小猴子拉我的方向，向前走了三四丈远。

走到长廊的一个拐角，已望见夜色中池水发光、松枝横斜的地方。这时候，邻近一间屋子里，似乎有人挣扎似的，有一种慌乱而奇特的轻微的声响，吹进我的耳朵。四周寂静，月色皎洁，天无片云，除了游鱼跃水，听不到人语。我觉察到那儿的声响，不禁停下脚来，心想，倘使进来了小偷，这回可得显一番身手了，于是屏住气息，轻轻地走到屋外。

十三

可是，或许小猴嫌我的做法不够果断，它急不可耐似的围着我脚下跑了两三圈，旋即发出喉咙被扼般的叫声，一下子跳上我的肩头。我马上回过头去，不让它的爪子抓住我的身子。可猴儿还是紧紧扯住我蓝绸衫的袖管，硬是不肯离开——这时候，我两腿摇晃几下，向门边退去。忽然一个踉跄，背部狠狠地撞在门上，已经没法躲开，便大胆推开了门，跳进月光照不到的屋内，这时出现在我眼前的——不，应该说是被同时从房间里飞奔而出的一个女子吓了一跳。女子险些和我撞个满怀，乘势往外闪出，却又不知何故跪下身去，像看什么可怕东西似的战战兢兢向上看着我的脸，气喘吁吁。

不用说，这姑娘正是良秀的闺女。今晚这姑娘完全变了样，两眼射出光来，脸色通红通红，衣衫零乱，同平时小姑娘的样子完全不同，而且看起来显得分外艳丽。难道这真是弱不禁风、楚楚可怜的良秀的闺女么？——我的身子依着拉门，一边在月光下端详着这姣好的姑娘，一边听着慌慌张张走远了的那个人的脚步声，暗暗用手指着，悄悄使眼色，询问她是谁？

姑娘马上咬着嘴唇，默默地摇了摇头。那表情好像很受委屈。

我弯下身去，把嘴靠在她耳边小声地问："这个人是谁？"闺女摇摇头，什么也不回答。同时在她的长睫毛上，已积满泪水，把嘴闭得更紧了。

生来就愚蠢的我，只懂得一目了然的事，此外就一窍不通了。所以我不知道说什么好，呆呆地站在那里，暂时只是集中注意力听姑娘突突的心跳。这里有一个原因，那就是再追问下去，我感到太不合适了。

也不知经过了多少时候，我关上身后的门，回头看看脸色已转成苍白的闺女，尽可能低声地对她说："回自己房里去吧。"我觉得我见到了不该见到的事，心里十分不安，带着见不得人的心情，走向原来的方向。可是，还没走出十步远，身后似乎有人怯生生地拉住了我裤脚。我惊讶地回头一看，您猜是谁？

原来小猴子良秀跪在我的脚边，像人那样双手扶地，颈上的金铃铮铮作响，朝着我恭恭敬敬地磕了好几个头。

十四

那晚的事约莫过了半月，有一天，良秀突然到府里来，请求会见大公。他虽地位低微，但一向受特别待遇，任何人都不能轻易拜见的大公，这天很快就召见了。良秀照旧穿着那件丁香色猎衣，戴着瘪塌塌的乌帽子，脸色比平常更加不和善，在大公面前恭恭敬敬地拜倒，声音嘶哑地说道：

"自奉大公严命，制作地狱变屏风，一直在无日无夜专心执笔，已有一点成绩，大体可以告成了。"

"可喜可贺嘛，我也很满意。"

大公说道，但不知为何，大公的声音懒懒的，有些无精打采。

"不过，还不成，"良秀不快地低下了眼睑，"大体虽已完成，但有一处还画不出来。"

"什么地方画不出来？"

"正是。在下作画，若是没见过的东西，便无法画出。纵然勉强画了，也无法称心满意，那岂不是与画不出来一样？"

听了这句话，大公的脸上浮现出一丝嘲讽的微笑。

"那你画地狱变，也得落到地狱里去瞧瞧么？"

"是，前年遭大火那回，我便亲眼瞧见火焰地狱中火花飞溅的景色。后来我画不动天尊的火焰，正因为见过这场火灾，这画您是知道的。"

"那么罪人们又怎么画？你也没见过鬼卒吧？"大公仿佛没听到良秀的话，连连问道。

"我瞧见过铁索捆着的人，也写生过被怪鸟追袭的人，这不能说我没见过罪魂，还有那些鬼卒……"良秀现出难看的苦笑，又说，"那些鬼卒嘛，我常常在梦中瞧见的。牛头马面、三头六臂的鬼王，他们无声地拍手，无声地叫喊，几乎每天都在梦里折磨我——我想画而画不出的，倒不是这个。"

对此，虽大公怕也为之惊愕。大公焦急地瞪着良秀的脸。俄顷，眉毛急剧抖动，厉声抛下话来：

"你说不能画的是什么？"

十五

"我准备在屏风正当中，画一辆槟榔毛车^①正从空中掉下来。"

良秀说着，抬头注视大公的脸色。平常他一谈到作画总像发疯一般，这回他的眼光更显得怕人。

"在车里乘一位华贵的嫔妃，正在烈火中披散着乱发，显出万分痛苦的神情，脸上熏着蒙蒙的黑烟，眉头紧蹙，望着头顶上的车篷。她用手扯住车帘，大概是想遮住雨点般落下来的火星子。在车子周围，有一二十只怪里怪气的鸷鸟，不停地叫，乱纷纷地打转转。——啊，这牛车里的贵妇人，我怎么也画不出来！"

"那么——怎么办呀！"

大公好像听得有点兴趣了，催问了良秀。良秀发高烧似的颤抖着嘴唇，以近乎梦呓的语调再次重复一句："我就是画不出来！"他随即山洪暴发似的叫道："请在我面前点燃一辆槟榔毛车！要是可以的话……"

大公脸色一沉，突然哈哈大笑，然后一边忍住笑，一

————

① 一种以蒲席作篷的牛车，为贵族专用。

_025

边说：

"啊，就照你的办，没有什么可以不可以。"

那时我正在大公身边伺候，觉得大公的话里带着一股杀气，口里吐着白沫，太阳穴索索跳动，似乎传染了良秀的疯狂，不像平时的样子。他说完话，马上又像爆炸似的，嗓门里发出咯咯的声音，笑起来了。

"好吧，给槟榔毛车点起火！同时让一个华丽的女子穿上高贵的衣裳，坐在车子里边好了！遭受烟熏火烧的折磨，车里的女子痛苦地死去。——你想画这样的形象，真是天下第一的画师呀！应该奖赏你，噢，应该奖赏你啊！"

听了大公这番话，良秀骤然失色，激动得直喘气，嘴唇颤动，接着好像身子瘫了下来，软软地把两手支在铺席上。

"感谢大人的鸿恩。"他用仅能听见的低声说着，深深地行了个礼。可能因为自己设想出来的场面，由大公一说，便出现在他眼前来。站在一旁的我，一辈子第一次觉得良秀是一个可怜的人。

十六

几天后的一个晚上，大公如约召见了良秀，让他亲眼看看火烧槟榔毛车的场面。不过牛车并不是在堀川府邸内焚烧，而是在一处俗称融雪山庄——以前大人的妹妹居住过的一座京城外的山庄中进行。

这融雪山庄已不能住人，广大的庭园，显得一片荒凉，大概是特地选这种无人场所的吧。关于已经去世的大公妹子，也有一些流言蜚语，其中有种说法是，每当没有月亮的夜晚，便会有穿着绯红宽裤的奇怪身影，足不沾地地在廊下走过。——有此种传言也是难怪的，山庄之中即便白昼也颇为凄凉，一旦暮色降临，园中的流水声听来越发阴沉，在星光下飞起的白鹭像是鬼怪，令人心惊胆寒。

恰巧在那晚也没有月亮，天空漆黑，在大殿的油灯光中，大公在檐下台阶上，身穿淡黄色绣紫花镶白缎边的大袍，高高坐在围椅上，前后左右，簇拥着五六个侍从，恭恭敬敬地侍候着。这些侍从中有一个据说几年前在陆奥战事中吃过人肉，双手能扳下鹿角。他腰围肚兜，身上挂一把大刀，威风凛凛地站在檐下——灯火在夜风中摇晃，忽明忽暗，犹如梦境，充满着恐怖的气氛。

庭院中停着一辆槟榔毛车，高高的车篷在黑暗中鲜明可见，车上没有拴牛，黑色车辕斜斜地搭在脚踏上，车上的金属配饰如繁星般闪烁着金光。看到这幅场面，虽然已是春天，却令人觉得寒意砭刺肌肤。车上沉甸甸地挂着提花缎镶边的青色帘子，无从知晓车内是何等光景。牛车周围，杂役们手持熊熊燃烧的松明火把，小心着不让烟飘向檐廊那边，煞有介事地严阵以待。

那良秀面对台阶，跪在稍远一点的地上，依然穿那件丁香色猎衣，戴那顶皱瘪的乌软帽，在星空的高压下，显得特别瘦小。在他身后，还蹲着一个乌帽猎衣的人，可能是他的一个弟子。两个匍匐在暗中，从我所站的檐中远远望去，连衣服的颜色也分辨不清了。

十七

时刻大约已近半夜。大庭院笼罩在黑暗中，众人皆屏息无语，寂静中唯有夜风轻拂，每一阵风过，便飘来松明的烟味。有片刻工夫，大人沉默不语，凝望着这一片奇异的景象，终于，他向前挪动了一下膝盖，厉声叫道："良秀！"

良秀似乎回答了句什么，但传入我耳中的只有呻吟般的低哼声。

"良秀，今夜如你所愿，我把车烧给你看。"

大公说着，向四周扫了一眼，那时大公身边，每个人互相会心地一笑。不过，也许这只是我的感觉。良秀战战兢兢抬起头来，望着台阶，似乎要说话，却又克制了。

"好好看吧，这是我日常乘用的车子，你认识吧……现在我准备将车烧毁，使你亲眼观看火焰地狱的景象。"

大公再次顿住了话头，朝身边的侍从们使了个眼色。接下来，大公的语气忽然阴沉下来："车内绑着一个犯罪的侍女，因此，若是放火烧车，那女子必定被烧得骨焦肉烂，死得痛苦无比。你要画那地狱变屏风，这是不可再得的范本。雪一样的肌肤被烧焦，乌黑的秀发灰飞烟灭，你可仔细看着，休要错过了。"

大公第三次停下嘴来，不知想着什么，只是摇晃着肩头，无声地笑着：

"亘古未有的奇观啊！我也一饱眼福！来啊，卷起车帘，让良秀看看里边的女人！"

这时便有一个下人，高举松明火炬，走到车旁，伸手撩开车帘。爆着火星的松明，显得更红亮了，赫然照进车内。车内用铁链残忍地绑着一名女子，她便是……唉，我若是看错了该多好！那女子身穿华丽灿烂的刺绣樱花叠色唐衣，乌黑光润的秀发长长地垂下，斜插着的黄金钗荧光闪烁，她的装扮虽然不同了，但那娇小的身姿，白皙的颈项，还有那谦恭温良、透出几分凄然的侧脸，分明便是良秀的女儿。我差点惊叫起来。

这时站在我对面的武士，连忙跳起身子，一手按住刀把，盯住良秀的动静。良秀见了这景象可能已经昏迷了，只见他蹲着的身体突然跳起来，伸出两臂，向车子跑去。上面说过，相离得比较远，所以还看不清他脸部的表情。但这只有短短的一瞬间，片刻之后，良秀那面无人色的脸，不，是良秀那仿佛被某种无形力量提升到空中的身影，突然冲破了昏暗，鲜明地浮现在我的眼前。此时，只听得大人一声令下：

"点火！"

杂役们纷纷将松明火把投向槟榔毛车。那辆锁着姑娘的车，顿时熊熊燃烧起来。

十八

大火转眼间包拢了车篷。篷檐的流苏随风飒然掠起。里面，只见夜幕下亦显得白蒙蒙的烟雾蒸腾翻卷，火星如雨珠乱溅，仿佛车帘、衣袖和车顶构件一并四散开来，场面之凄绝可谓前所未有。更骇人的，是沿着车子靠手，吐出万道红舌、烈烈升腾的火焰，像落在地上的红太阳，像突然迸爆的天火。刚才差一点叫出声来的我，现在已只能木然地张开大口，注视这恐怖的场面。可是作为父亲的良秀呢……

良秀当时的表情我现在也不能忘记。不由自主朝车前奔去的良秀，在火焰腾起之际立即止住脚步，双手依然前伸，以忘乎所以的眼神如醉如痴地注视着吞没篷车的大火。他浑身沐浴火光，皱纹纵横的丑脸连胡须末梢都历历可见。然而，无论那极度睁大的眼睛，还是扭曲变形的嘴唇，抑或频频抽搐的脸颊，都分明传递出良秀心中交织的惊恐和悲痛。即使在刑场上要砍头的强盗，即使是拉上阎王殿的十恶不赦的罪魂，也不会有这样吓人的颜色。甚至那个力大无穷的武士，这时候也骇然失色，战战栗栗地望着大公。

然而，大公紧紧咬着嘴唇，不时发着可怕的狞笑，眼睛眨也不眨地盯着车子。那时候在车子里——唉，我实在没有勇气详细讲那时我所看到的车子里的姑娘是什么样儿了。她仰起被浓烟闷住的苍白的脸，披着被火焰燃烧的长发，一下子变成了一支火炬，美丽的绣着樱花的宫袍——多惨厉的景象啊！特别是夜风吹散浓烟时，只见在火花缤纷的烈焰中，现出口咬黑发，在铁索中使劲挣扎的身子，活活地画出了地狱的苦难，从我到那位大力武士，都感到全身的毫毛一根根竖立了起来。

　　这时候又是一阵夜风，呼地吹过庭院的树梢——这又是谁都能感觉得出来的。这声音行将消逝在夜空的当儿，忽然有一个黑影，既不落到地上，也不飞到天上，而是像球儿似的蹦跳着，从正殿屋顶直跳进火焰烧得正旺的车子里。正当车子两侧朱红色的格子窗噼噼啪啪着了火掉下来的那个时刻，它抱着仰倒下去的姑娘的肩膀，发出像帛锦撕裂般的尖叫声。从浓烟里冒出来的、充满无法形容的痛苦的声音拉得那么长，接着又连续叫了两三声——大家不由自主地"哎呀！"一声同时叫了起来。在四面火墙的烈焰中抱住闺女肩头的，正是被系在崛川府里的那只诨名良秀的猴儿。谁也不知道它已偷偷地找到这儿来了。只要跟这位平时最亲密的姑娘在一起，它不惜跳进大火里去。

十九

　　但大家看见这猴只不过一刹那的工夫。一阵像黄金果似的火星，又一次向空中飞腾的时候，猴儿和闺女的身影却已埋进黑烟深处，再也见不到了。庭院里只有一辆火烧着的车子，发出哄哄的骇人声响，在那里燃烧。不，它已经不是一辆燃烧的车，它已成了一支火柱，直向星空冲去。只有这样说时，才能说明这骇人的火景。

　　再说在火焰柱前凝然伫立的良秀吧。多么不可思议啊！方才还饱受地狱苦难折磨的良秀，此时，他那满是皱纹的脸上却洋溢着难以形容的光辉——那是心醉神迷的法悦①的光辉。他大概忘记了身在大人的座前，双臂紧紧地抱在胸前，一动不动。呈现在他眼中的，并不是女儿惨死的场面，而是美丽的火焰的颜色，以及在火中痛苦挣扎的女子，这景象使他无比愉悦。

　　奇怪的是这人似乎还十分高兴见到自己亲闺女临死的惨痛。不但如此，似乎这时候，他已不是一个凡人，样子极其威猛，像梦中所见的怒狮。骇得连无数被火焰惊起在四周飞

---

　　① 佛家语，意思是从信仰中得到的内心喜悦。

鸣的夜鸟，也不敢飞近他的头边。可能那些无知的鸟，看见他头上有一圈圆光，犹如庄严的神。

鸟雀尚且如此，我们自不必说了。连杂役们也屏息凝气，内心震撼不已，充盈着异样的随喜之心，仿佛瞻仰开眼的大佛一般，目不转睛地望着良秀。那漫天飞舞的、发出轰鸣之声的火焰，以及为此景象神魂颠倒、凝然伫立的良秀——这是何等庄严，何等欢喜！可是，唯有高坐在檐廊上的大公，好像变了个人似的，脸色青白不定，口角冒出白沫，双手紧紧抓着紫色宽袴的膝盖，如口渴的野兽般喘息着……

二十

这一夜，大公在融雪山庄火烧车子的事，后来不知从谁口里泄露到外边，外人便有不少议论。首先，大公为什么要烧死良秀的闺女？最多的一种说法，是大公想这女子想不到手，出于对女子的报复。可是我从大公口气中了解，好像大公烧车杀人，是作为对屏风画师怪脾气的一种惩罚。

其次往往提及的便是良秀的铁石心肠——即使目睹女儿被烧也要画那个什么屏风！还有人骂他人面兽心，竟为一幅画而置父女之情于不顾。横川的僧官们也赞同此种说法。其中一位这样说道："无论一技之长如何出类拔萃，大凡为人也该懂得人伦五常，否则只能坠入地狱！"

这之后一个月左右，地狱变屏风终于完成了，良秀很快把它送到府上，恭恭敬敬请大公过目。恰好那位僧官那时也在座，一看那幅屏风画，立刻就被那漫天盖地的烈火风暴的恐怖惊住了！在这之前僧官一直绷着面孔，眼睛直盯着良秀，这时情不自禁地拍着膝盖说："太好啦！"现在我还记得听了僧官的话，大公露出了苦笑的样子。

　　以后，至少在堀川府里，再没有人说良秀的坏话了。无论谁，凡见到过这座屏风的，即使平时最嫌恶良秀的人，也会被不可思议的庄严之心打动，深深感受到火焰地狱的大苦难。

　　但那时，良秀却已经不是此世间之人了。在屏风画完成的翌日夜间，他便缢死在自家的房梁上。唯一的女儿先他而亡，他怕是心中再难安稳，不堪独活于世间了吧。良秀的尸骸便葬在他房舍的原址上，至今尚在，只不过那小小的石碑，其后经历了几十年的风吹雨打，定然早已经满布青苔，如同一座年代久远的无名荒冢。

海市蜃楼

一

一个秋天的晌午，我和从东京来玩的大学生 K 君一道去看海市蜃楼。鹄沼海岸有海市蜃楼出现，大概已是尽人皆知的。比如我们家的女佣就曾经看到过船的倒影，还赞叹地说："简直跟之前报纸上刊登的照片一模一样啊！"

我们拐过东家旅馆①，顺便去邀 O 君。O 君依然穿着红衬衫，他好像正准备做午饭，透过篱笆，能看到他正在井边使劲摇泵抽水。我举起桲木手杖，跟 O 君打了个招呼。

"请从那边进屋来吧。——哦，你也来了呀。"

O 君以为我是和 K 君一起来串门的呢。

"我们是去看海市蜃楼的。你也一块儿去好吗？"

"海市蜃楼？" O 君忽然笑起来了，"最近海市蜃楼很时兴啊。"

五分钟后，我们就跟 O 君一同走在沙土很厚的路上了。路的左手边是沙滩，上面有两道牛车轧过的车辙，黑黢黢地斜伸开来。深深的车辙让我有种受到压迫的感觉。这是伟大的天才工作时留下的痕迹——那种压迫感大概是这样的。

---

① 东家旅馆坐落在鹄沼海岸上，芥川曾在这里作过短期逗留。

"我还不大健全哩，连看到那样的车辙都莫名其妙地觉得受不了。"

O君皱着眉头，对于我的话什么也没回答，但是他好像清楚地理解了我的心情。

走了一会儿，我们穿过松树林——低矮稀疏的松树林，沿着引地河①的堤岸走过去。宽广的沙滩对面，深蓝色的大海一望无际，可江之岛上的房屋和树木却笼罩着一种阴郁之感。"是新时代啊。"K君突然发话。不仅如此，脸上还带着微笑。新时代？……不过，我也瞬间发现了K君所说的新时代是什么。防沙竹篱后站着一对儿眺望大海的男女。当然，穿着薄薄的护肩斗篷大衣、戴着礼帽的男人不能算"新时代"，但剪了短发、撑着洋伞、穿着低跟皮鞋的女人的确算是"新时代"。

"好像很幸福呀。"

"你就羡慕这样的一对儿吧。"O君这样嘲弄着K君。

他们距离能看到海市蜃楼的地方，大约也就一百米远了。我们全都趴下来，隔着河水凝视那游丝泛起的沙滩。一缕缕带宽的蓝东西在沙滩上随风摇曳着，看起来就像是海的颜色在游丝上的反映。除此之外，沙滩上并无任何船只的身影。

"那就叫海市蜃楼吗？"

K君的下颚沾满了沙子，失望地这么说着。这时，相隔

---

① 引地河是流过神奈川县藤泽市西边，注入相模湾的一条河。

两三百米的沙滩上，不知从哪儿飞来一只乌鸦，掠过摇曳着的蓝色缎带似的东西，朝更远的方向飞去了。就在这时，乌鸦的影子刹那间倒映在那条游丝带上。

"能看到这些，今天就算是蛮好喽。"

随着 O 君开口说话，我俩也一起站起身。这时，比我们先到的、在我们身后的那两个"新时代"，竟迎面朝我们走来。

我吓了一跳，回身看了看后面。可是，那两个人好像一直站在离我们一百米左右的地方说话，没有动过。我们——特别是 O 君，似乎很扫兴，笑了起来。

"这不更是海市蜃楼吗？"

我们前面的"新时代"当然是另外两个人。但是女人的短发和男人头戴呢帽的那副样子，跟他们几乎一样。

"我真有点儿发毛。"

"我也思忖他们是什么时候来的呢。"

我们边聊边走。这回没沿着引地河的堤岸走，而是翻过矮沙丘往前走。防沙竹篱脚边的矮松被沙丘吹来的沙染黄。O 君走过那里时，吃力地弯下腰，从沙子上捡起了什么。那是一块木板，上面用沥青之类的东西描出黑框，框内写着字。

"那 是 什 么 呀？ Sr. H. Tsuji……Unua……Aprilo……jaro……1906……①"

———————————————

① 世界语：辻先生……1906 年 4 月 1 日。

"是什么呀？ dna……Majesta^① 吗……写着 1926 呢。"

"这个，也许是系在水葬尸骸上的吧？" O 君这样推测道。

"可是，尸骸水葬时，通常都是要用帆布什么的包起来的呀。"

"所以才要系上牌子啊。快看，这里钉的有钉子，原来是十字架的形状呢。"

这当儿，我们已经穿过像是别墅的矮竹篱和松林而走着。木牌大概是和 O 君的猜测差不多的东西。我又产生了在阳光之下不应该有的一种毛骨悚然的感觉。

"真是捡了个不吉利的东西。"

"不，我倒要把它当作吉祥的东西呢。……可是，1906 年到 1926 年的话，二十来岁就死了啊。二十来岁……"

"是男的还是女的呢？"

"这就不敢说了……反正这个人说不定还是个混血儿呢。"

我一边回答着 K 君，一边想象着死在船上的那个所谓的"混血儿"青年的模样。在我的想象中，他的母亲是日本人。

"海市蜃楼？"

O 君一直朝前面看着，突然喃喃地这样说。这也许是他在无意之中说出的话，但我的心情却微微有所触动。

"喝杯红茶再走吧。"

不知不觉间，我们已站在满是建筑的街角处。满是建

---

① 世界语：5 月 2 日。

筑？然而——沙砾干燥的大街上几乎空无一人。

"K君，你怎么样？"

"我怎么着都行……"

这时，一只浑身雪白的狗无精打采地耷拉着尾巴，迎面走了过来。

二

K君回到东京后，我和O君以及我妻子一起去了引地河上的桥。这次是傍晚七点钟左右——刚用过晚餐不久。

那天晚上看不见星星。我们连话都不多说，在没有行人的沙滩上走着。沙滩上，引地河河口左边，有个火光在晃动，大概是给入海捕鱼的船只当标志用的。

不消说，海浪声不绝于耳。越靠近岸边，海腥味儿越浓。与其说那是海的味道，不如说是被海水卷至脚边的海草和流木的味道。不知何故，除鼻腔闻到味道外，我的皮肤也感受到了这种气味。

我们在岸边伫立片刻，眺望着隐约可见的浪头。放眼望去，海面漆黑一团。我不由得想起大约十年前，我逗留在上总的一处海岸时发生的事来。与此同时，浮现在我记忆里的，还有那时与我在一起的一位朋友。他除了忙于自己的学业外，还帮我看过我的短篇小说《芋粥》的校对稿……

过一会儿，O君在岸边蹲着，点燃了一根火柴。

"干什么哪？"

"没什么……你看这么燃起一点火，就能瞧见各式各样的东西吧？"

O君回过头，仰头看着我们，后半句是对着妻说的。果然一根火柴的光亮就能照出散布在海松和石花菜间的各式贝壳。一根熄灭后，O君又擦着一根，慢慢地沿着岸边走着。

"哎呀，真吓人，我还以为是淹死鬼儿的脚呢。"

那是半埋在沙子里的单帮儿游泳鞋。那地方海藻当中还丢着一大块海绵。这个火光又灭了，四下里比刚才更黑了。

"没有白天那样大的收获呀。"

"收获？啊，你指的是那个牌子吗？那玩意儿可没那么多。"

我们把不绝于耳的海浪声撇在身后，从沙滩上折返。除了沙子，脚还经常踩到海草。

"这里恐怕也有各种各样的东西。"

"再划根火柴看看吧？"

"不用了。……哎呀，有铃铛的声音。"

我稍稍竖起耳朵——因为最近老是对声音产生错觉。不过的确从某处传来了丁零丁零的响声，错不了。我打算再问O君一次，看他有没有听到这声音。这时，落后我们两三步的妻笑着对我俩说："估计是我木屐 ① 上拴的铃铛在响吧。"

我就是不回头也知道，妻子穿的准是草履。

"今天晚上我变成了孩子，穿着木屐走路呢。"

"是在你太太的袖子里响着的——对了，是小 Y 的玩具。带铃铛的化学玩具。"O 君也这么说着，笑了起来。

接着，妻追上我俩，三个人并排行走。借着妻的这个玩笑，我们聊得比之前更起劲。

我跟 O 君说了昨晚的梦。那是个跟某栋新式住宅前的卡车司机聊天的梦。在梦里，我真的觉得以前在哪儿见过那司机，可醒来后，还是记不起到底在哪儿见过。

"我忽然想起来，那是三四年前来采访过一次的女记者。"

"那么，是个女司机喽？"

"不，当然是个男的。不过，脸变成了那个女记者的脸。见过一次的东西，脑子里毕竟会留下个印象吧。"

"可能是这样。在面貌之中也有那印象深刻的……"

"可是我对那个人的脸一点兴趣也没有。正因为这样反而感到可怕。觉得在我们的思想意识的界限之外还存在着各种东西似的……"

"好比是点上火柴就能看见各种东西一样吧。"

我在说这些话的时候，偶然发现只有我们的脸可以看得

---

① 木屐是日本女孩子穿的一种涂上黑漆或红漆的高齿木屐，有时系上铃铛。

一清二楚。可是，夜空中依然看不见一丝星光，与先前并无区别。我再次感到恐惧，好几次仰起脸看向夜空。这时，妻子似乎也察觉到了，还没等我发出疑问，她就回答道：

"是沙子的缘故，对吧？"

妻子做出把和服的两个袖口合拢起来的姿势，回头看了看广阔的沙滩。

"大概是的。"

"沙子这玩意儿真喜欢捉弄人。海市蜃楼也是它造成的……太太还没看到过海市蜃楼吧？"

"不，前些天有一次——不过只看到了点儿蓝乎乎的东西……"

"就是那么点儿，今天我们看到的也是。"

我们过了引地河上的桥，走在东家旅馆的土堤外。不知何时，起了风，风将松树树梢吹得沙沙作响。一个矮个子男人快步向我们走来。我忽地想起这个夏天发生的一次错觉。也是在这样的晚上，我把挂在杨树枝上的一张纸看成了一顶帽子。然而，这个男人不是错觉。不但不是，彼此接近后，似乎连他穿着衬衫的上半身都看得清了。

"那领带上的饰针是什么做的呢？"

我小声这么说了一句以后，随即发现我当作饰针的原来是纸烟的火光。这时，妻子用袖子捂住嘴，首先发出了忍不住的笑声。那个人却目不斜视地很快和我们擦身走过去了。

"那么，晚安。"

"晚安。"

我们随意地与O君道了别，在松涛声中走去。那松涛声中，微微地夹杂着细细的虫鸣。

"爷爷的金婚纪念是什么时候呢？"

"爷爷"指的是我父亲。

"唔，什么时候呢？……黄油已经从东京寄到了吗？"

"黄油还没到，只有香肠寄到了。"

说着，我们已经走到家门口——走到了半开着的大门前。

孤独地狱

这个故事我是从母亲那儿听来的。母亲说她是从我的叔祖父那儿听来的。故事的真伪我不清楚，但从叔祖父的品性推断，我想很可能实有其事。

叔祖父是一个久经世故的人，结交了幕府末期的很多艺人和文人朋友，比如：河竹默阿弥、柳下亭种员、善哉庵永机、同冬映、九世团十郎、宇治紫文、都千中、乾坤坊良斋等人。默阿弥在《江户樱清水清玄》里塑造的纪国屋文左卫门，便是以我叔祖父为原型的。叔祖父过世到如今有五十年了，可他在生前有过的"今纪文"的绰号可能现在还有人记得。他姓细木，名叫藤次郎，俳句诗人署名是香以，人称"山城河岸的津藤"。

有一次，津藤在吉原的妓院玉屋结识了一位僧侣。据说这位僧侣是本乡附近某寺的住持，名叫禅超。他也是一个嫖客，是玉屋一个名叫锦木的妓女的常客。那个时候，禁止和尚吃荤娶妻，所以表面上当然不能什么时候都显示自己是一个出家人。他身穿黄地褐色条纹丝绸和服，外套印有家徽的双面织纺绸黑礼服，自称医生。叔祖父和他是偶然相识的。

据说，这次偶遇发生在华灯初上的一个黄昏。津藤从玉屋二楼洗手间出来，经过走廊时，无意间发现一个男子正在倚着栏杆赏月。这个人剃了光头，身材不高，瘦小枯干。由于月光朦胧，津藤将男子误认成了华而不实的竹内医生。平时竹内总是出入这里，且与津藤相熟。因此，津藤从男子身边擦肩而过时，便伸手轻轻扯了一下他的耳朵。

但是一看那转过头来的一张脸，倒令津藤大吃一惊。除了两人都是光头外，与竹内毫无相似之处——此人额头宽大，双眉紧挨着。也许是由于身子瘦弱的缘由，眼睛显得特别大。左颊有一颗非常大的黑痣，就算是在这朦胧的月色中也依然可以看得一清二楚。他的颧骨很高——如此一副相貌，一点点地映入惶然不知所措的津藤的眼里。"你有什么事？"那光头的声音有点儿气恼，似乎还带着酒气。

方才我忘记说了，那时津藤带着一个艺妓和一个随从。剃光头的那家伙要津藤给赔礼道歉，随从当然不会袖手旁观，便代津藤向这位客人赔了礼。这中间津藤带着艺妓匆匆忙忙回到自己的屋里去，虽然他通达人情世故，似乎也觉得有点别扭。但那光头听了随从关于误会始末缘由的一番解释，马上消了气，哈哈大笑起来。这个光头就是禅超。

接着，津藤让人给和尚送去点心，表示歉意。和尚也觉得过意不去，特地过来还礼。两人从此结下交情。不过，虽说结下交情，其实也只是在玉屋的二楼碰面，似乎并没有什么来往。津藤滴酒不沾，禅超却是海量。相比之下，禅超的衣着用品更加穷奢极侈，而且最后沉湎女色也比津藤有过之而无不及。津藤曾经感叹说，不明白到底谁是出家人。津藤身材高大健壮，其貌不扬，前额剃成月牙形，胸前挂着银项链，下端坠有筒状护身符，平时爱穿藏青平纹布服，束白色腰带。

有一天，津藤见到禅超，禅超正披着锦木的女礼服弹三弦。禅超平时气色不好，而今天就更加不好，眼睛充血，嘴角没有弹性的皮肤不时在颤抖。津藤马上想到，莫非有什么心事吗？"如不嫌弃，务望能促膝一谈。"——虽然用这种口吻探询了一下，可也没能引出什么肺腑之言，而且话比平常说得更少，动不动还失掉了话头儿。这时津藤以为这是嫖客很容易出现的一种倦怠。纵情于酒色的人所出现的倦怠，靠酒色是治不好的。在这种窘境下，两人不知不觉平静地谈了起来。这时候禅超好像突然想起什么似的，讲了这么一段话：

"据佛经说法，地狱也有各种各样，但好像大致分为三种：根本地狱、近边地狱、孤独地狱。从'南瞻部洲下过五百逾缮那乃有地狱'这句话来看，大概地狱自古就在地下。唯有孤独地狱会突然出现在山间、旷野、树下、空中等任何地方。就是说，眼前立刻会出现地狱的苦难。我从两三年前就已经堕入地狱，对一切事情都失去了永恒持续的兴趣。人生总是一个又一个地变换境界，当然还是不能从地狱中逃脱出来。如果我不变换境界，那就更加痛苦。所以只好这样每天不停地变换着境界生活，以便忘记痛苦。但是，如果这样最终还是苦不堪言，那就只好死去。以前虽亦痛苦，却拒斥死亡。现在……"

津藤没有听清禅超的最后一句话，和着三弦的曲调，他的声音压得很低。可从那以后，就再也没见禅超到玉屋来，也没人知道这个放荡不羁的禅僧的下落了。只是那天，禅超将一部手抄本的《金刚经》落在锦木那里。后来津藤穷困潦倒，在下总的寒川蛰居时经常置于书桌上的便是这个手抄本。在封皮背面，津藤写上了自己创作的俳句："紫罗兰原野，恍然惊觉叶上露，人生四十载。"这个抄本现在也找不到了，恐怕也没有人记得这一俳句了吧。

这是安政四年（1857）前后的事。母亲大概出于对"地狱"一词的兴趣，才记住了这件事。

每天大多数时间都在书房里度过的我，从生活而言，与我的叔祖父，及那个禅僧，完全不是同一个世界中的人。从兴趣而言，我自己对德川时代的戏作及浮世绘并没有什么特别的爱好。可是我自己在某些方面却常常关切孤独地狱这样的故事，对于他们的生活倾注着我的同情。关于这一点，我承认，由于在某种意义上，我也是一个遭受孤独地狱痛苦折磨的人。

妖婆

您或许不相信我要说的这个事。您一定觉得我在骗人。以前有没有发生过这样的事我不清楚，我说的这个就发生在东京。一出门，满眼便是往来穿梭的电车和汽车；回头进屋，耳畔不时响起电话铃声。打开报纸，映入眼帘的是同盟罢工和妇女运动的报道……在这样普通的一天，在东京大都市的某个角落，发生了一件只在坡或者霍夫曼的小说里才能看到的奇怪的事，有点让人毛骨悚然。空口无凭您当然不信。然而，东京街区何止百万灯火，却无法燃尽紧随日落降临的夜幕，令城市重返白昼。同样，尽管无线电通讯和飞机征服了大自然，但它毕竟不可能揭示出隐藏于大自然深处的神秘世界的地图。那又怎能断定，在文明阳光照耀下的东京，那些平常只在梦中上蹿下跳的精灵们，不会在时空中展现奥厄巴赫作品中描述的魔窟般的光怪陆离呢？您如果仔细观察，可能就会发现，那些奇异的超自然现象始终如花般在我们身边出现、隐没。

　　比如说，冬日午后您在银座大街上走路，准会看到落在沥青路面上的纸屑，大概有二十多片，正被风吹着打旋儿。

如果单单是这个，就没什么可说的了。如果您愿意试试，可以数数打旋儿的碎纸有几处。从新桥到京桥这段路，一定是左侧有三处，右侧有一处，而且全部是在十字路口附近。若说此乃气流所致，倒也没错儿。但您仔细观察又会发现，每簇纸屑中肯定有一片是红纸——或是电影广告，或是"千代"花纸的边角乃至火柴商标。种类再多，红色必居其中。它俨似纸屑们的首领，一旦阵风袭来便率先翩翩起舞。碎纸们仿佛听到了召唤，窃窃私语般从各处地面飞起。风停，纸也落，红纸也是率先飘落。看到这里，您是不是觉得很新奇，我反正挺震惊的。其实当我做此观察之后，平时人眼难辨之物即如夜幕中的蝙蝠，也变得隐隐约约依稀可辨。

不过，东京让人觉得不可思议的并不只是街上的碎纸。大晚上乘坐电车也总是会遇到稀奇古怪的事。最好玩的是红色电车和蓝色电车，特别是它们驶过无人街区的时候。即使车站台上空无一人。它也要规规矩矩地停下来。您若对我所说的表示怀疑，即请在今晚躬亲验证。同是市内电车，据说动坂线与巢鸭线的此类情况居多。就在四五天前的夜晚，我乘坐的红色电车，一如既往地戛然停在无人上下的动坂线"团子坂下"站台。乘务员手拉铃绳向大街探出上半身，例行公事地招呼："有人上车吗？"那时我就坐在票台边，顺着乘务员的话望向窗外，只见外面星光熹微，月色朦胧，站台空空，路边人家也门窗关闭，大街上更是无人。我正纳闷，乘务员已经拉响车铃，重新启动车子了。我望着车外，站台渐渐远去。此刻，我眼中却莫名其妙地出现了人影，在月光下渐渐缩小。毋庸多说，这是我心恍神迷。可那位赶路的红色电车乘务员，为何要停在无人上车下车的站台？而且，遇此怪事者并非仅我一人，熟人中也有那么三四位呢！难道说乘务员在停车前打盹儿了？我的一个熟人就曾经质问过乘务员："不是没人上车吗？你停下来干吗？"乘务员却回答："我感觉有好多人上下车啊。"

如果逐个列举，还有炮兵工厂烟筒黑烟逆风而飘，尼古拉教堂大钟午夜不敲自鸣，两台相同牌号的电车相随通过日暮时分的日本桥，空荡荡的国技馆每晚传出观众喝彩声……所谓"自然之夜的侧影"，如同飞蛾穿行，在东京繁华街巷不时出现。可以说，我所讲的故事跟您的现实生活很密切，并不是空穴来风。您已经大概了解了东京的夜晚藏着一些秘密，所以千万不要小看我要讲的事。如果您听完故事还觉得太玄乎，那不是故事本身的问题，可能是我讲的问题。我讲故事的水平跟坡和霍夫曼是没法比的。一两年前，故事的主人公在某个夏夜与我相对而坐，一五一十地讲述了他的遭遇。当时，一种阴森森的妖气笼罩四周，令我至今难忘。

这位男子是日本桥附近出版商的少东家，我们经常见面。平时他谈完工作就回家了。那天傍晚时分下起了雨，他本想等雨停了再走，不知怎么的一直耽误。这个男子皮肤很白，眉清目秀，有点瘦。他端正地坐在盆节灯笼照耀下的走廊边上，聊着聊着就过了十点。他说有件事一直想说给我听，然后就开始讲起来，脸上带着忧虑。他讲的，就是我说的妖婆的故事。他身穿肩头染着一抹淡墨的上等麻布褂，将西瓜盘放在面前。那种生怕别人听到似的耳语姿态，我如今仍然记忆犹新。话说到此，还有一幕情景也深印脑海挥之不去。少东家上方挂着一盏盆节灯笼，圆鼓鼓的灯体映现出秋草的花样。对面远方，雨霁夜空散乱着黑压压的云团。

　　故事的要点如下。我们暂且称呼主人公为新藏吧。他二十三岁那年去找了一个跳神的婆婆算命。去之前的六月上旬的一天，他和商业学校的一个同学一起去寿司店喝酒，那同学在附近开和服店。喝酒时，他跟同学吐露了心事，同学阿泰立时郑重其事地热情建议："那你去找阿岛婆掐算掐算。"仔细一问方知，这位跳神婆婆两三年前从浅草一带迁居至此。她能掐会算，还擅长念咒，几乎到了差神使鬼的地步。"你也知道的嘛！就在前些日子，鱼政店的女老板投河自尽……可就是不见尸体浮起来。找阿岛婆讨来护身符从头道桥往河里一丢，当天就浮起来了，而且就在丢护身符的头道桥桩跟前。恰巧傍晚涨潮，立时便被那里泊靠运石船的老板发现。人们议论纷纷去报案。我正巧路过，那会儿看见警察已经去了。我从外围一看，老板娘的尸体被破席子盖着，露着泡肿的双脚，你猜脚上有什么？就是那道护身符。当时可把我给吓坏了。"新藏听到这里，也觉得惊出一身冷汗。涨潮时分的天色、河水中的桥桩、老板娘的尸体……好像一一浮现在眼前。但他表面还装得挺大胆，表示很有兴趣："有意思，我也去找她算算。"那我帮你引见引见？几天前我找她算过财运，现在也算有点交情了。""那就拜托你了。"如此这般，两人叼着牙签出了店门，用草帽遮挡梅雨间歇中的夕阳，身着单褂肩并肩地前往跳神阿岛婆的住所。

该说说新藏的心事了。他和家里一个叫阿敏的女佣相恋一年多了。但不知怎么回事，去年年底说是回家探亲的阿敏一去就再没回来。新藏一点没想到，照管阿敏的新藏的母亲也有点担心。他们多方打听还是没找到人。有传闻说当了护士，又有传闻说当了谁家小妾。闲言碎语倒是不少，可一旦追根问底，却又都说不明详情。新藏先是忧心忡忡，后又怒气冲天，近来便只是发呆和郁闷。母亲看到他失魂落魄的样子，隐约觉察到两人关系非同一般，更添了一层忧虑。于是叫他去看戏，叫他去洗温泉，或叫他替父亲参加应酬客户的酒宴。百般劳心费神，就是想让新藏振作起来。那天，母亲表面上让他去查看零售店，其实是让他去玩，还给了他一些零花钱。正好同学阿泰在那边，他们就去寿司店喝酒了。

因有如此来龙去脉，新藏虽然喝得微醉，但去找阿岛婆的目的仍很明确。阿岛婆的住所不是很远，在第一道桥左转，沿着河岸走到第二道桥，再走百十来米，在泥瓦匠铺和杂货铺之间有一栋灰扑扑的格子门格子窗的屋子。这大概就是阿岛婆的家了。走到了门口，新藏心中突然涌起一种不祥的预感，自己和阿敏的命运竟然取决于神婆的一句话，想到此，他的醉意即刻散了。况且，阿岛婆的住所外观上令人丧气。

这是一座低檐平房。门口被梅雨浸润的檐溜石湿漉漉、绿茸茸的，令人诧异，仿佛青苔之间眼看就会长出蘑菇来。且与杂货铺相邻处有棵一抱粗的垂柳，密密匝匝的枝条遮蔽了窗口，使整个屋顶笼罩在暗影下面。阴森森的氛围中，那扇拉窗的深处似乎隐藏着极不寻常的秘密。

阿泰却不关心这些，他直冲着窗前走去，然后突然回头吓唬新藏："好了，马上要见到婆婆了，你可别害怕哦！"新藏也笑着说："我又不是小孩，能被一个老太太吓着？"阿泰听到这句话，有些不满地说："不是看到婆婆被吓到，是有一位你想象不到的小美人儿，提前跟你说一声。"说完便去敲门，并大声喊着："有人在吗？"门内传来沉闷的答应声："来了。"开门的是一位十七八岁的姑娘，低眉顺眼，小巧白净，鼻子很挺，头发很美，眼睛尤其有神……难怪阿泰让新藏别吓着，这样一张脸透着让人心疼的憔悴。连那蓝底白花单衣上的红色花朵和服腰带，也似乎在挤压她的胸脯。阿泰见到姑娘，便摘下草帽问道："你母亲呢？"姑娘无奈地说："抱歉，母亲不在。"突然好像是不好意思，姑娘脸红了，她瞅了一眼窗外，轻喊一声"哎呀"就站了起来。附近地形比较乱，阿泰以为是有歹徒，回头一看，新藏不知道去哪里了。没等他转过头来，神婆的女儿跪在他的面前急急地说："请你转告刚才那位同伴，千万别来了，不然有性命之忧。"听姑娘断断续续说完，阿泰简直一头雾水，呆呆地站在那里。好在他还清楚已然受人之托，便应了句："好的，我一定照办！"随即慌得草帽都没戴，冲出门外就去追赶新藏，一追就是五六十米远。

那处是荒芜的石头河岸。除了夕阳中的电杆，没有别的。新藏呆呆地站在那里，有点垂头丧气，双手抱臂，看着地面。阿泰终于赶到，气喘吁吁地对他说："你真是胡闹！我说别把你吓着，可你倒把我吓得够呛。你到底把那个小美人儿……"可新藏却又朝下一道桥头跌跌撞撞地走去，嘴里还激动地说："我当然认识。那姑娘……我告诉你，就是阿敏！"阿泰又吓了一跳——也该着他再受惊吓。说来说去，新藏找阿岛婆算命，正是要寻找阿岛婆的女儿。阿泰不想再被惊吓了，赶紧把阿敏的话转达给新藏。新藏一开始静静听着，听着听着就狐疑又愤怒："她叫我别去找她，这我可以理解，可去了就没命了？简直太荒唐了，岂有此理。"阿泰只是传话，而且跑出来得急，也说不出到新藏心坎上的安慰话。新藏更不想说话了，走得更快。不一会儿，他们又来到了寿司店。新藏突然转向阿泰，不无遗憾地脱口道："我真该见见阿敏。"阿泰则若无其事地挖苦说："那就再去一趟呗！"这话无疑鼓励了新藏。两人又待了一会儿，新藏告别了阿泰，自己到酒馆里喝了两三壶酒。天完全黑了的时候，他冲出酒馆，借着酒气，直奔阿敏家——也就是阿岛婆的家。

漆黑夜空星月全无，地气蒸腾溽热难耐，时而掠过一丝凉风，是梅雨季节常有的天气。新藏当然放心不下，憋着劲儿要得到阿敏的真心话。他不会无功而返。泼了墨一般的夜空下矗立着大垂柳，树下的竹格窗里透出黯然灯光。新藏也不管那小屋阴森瘆人，猛地拉开格子门，站在狭小门厅里就喊："有人吗？"阿敏在里面已经知道谁来了，颤抖含混地轻轻应答。一会儿，门开了，阿敏手撑在地上，带着隔壁房间的灯光出现了。她面容消瘦憔悴，像是刚刚哭过。然而新藏却是酒足饭饱。他草帽扣在后脑勺上，冷冰冰地俯视着阿敏。"哎！你母亲在家吗？有点事儿想请她掐算掐算。能见我吗？你去通报一声！"他不管不顾地说了出来，全然不管阿敏的痛苦表情。阿敏快崩溃了，轻轻地应声："是。"泪水悄悄咽进肚子里。新藏不耐烦又要催促的时候，隔壁传来阿岛婆怪异的嗓音，好像蛤蟆哼哼，又像从鼻子里发出来似的："谁啊？外面那个，进来吧，别客气。""外面那个？"新藏一听这称呼，更来气了，暗暗想着整治一下这幽禁阿敏的罪魁祸首。新藏怒气冲冲地脱去单衣，又把帽子扣在阿敏的手上，走进隔壁屋。可怜的阿敏被撂在一边，紧紧靠在隔扇门上。她顾不上整理客人的单褂和草帽，泪汪汪的明眸直直仰望着顶棚，且将纤纤玉手合在胸前，口中不住地祈祷。

走进屋里，新藏大咧咧地坐下并打量房间。房间很破，陈旧发黑。正面六尺见方的木地板的上方墙上挂着婆娑罗大神的挂轴。下面是供台，神镜一面，供酒两壶，三四扎红黄蓝纸剪成的小钱币。这个屋子离河道很近，依稀能听见水声。木地板右方有个衣柜，柜上摊着点心盒、汽水、砂糖袋、鸡蛋盒等礼品。一位穿着黑地儿无领衫褂的大块头婆婆盘踞于柜前，几乎占满一铺席。她短头发、塌鼻梁、大嘴巴、青紫脸色，闭着睫毛稀稀落落的双眼，叉着浮肿的双手。刚才讲到阿岛婆说话像蛤蟆哼哼，眼前所见，俨然一个非同寻常的蛤蟆怪，伪装成人样在喷吐毒气。新藏竟也心惊肉跳起来，觉得屋顶的电灯都黯然无光。

不过，他当然早有精神准备，斩钉截铁地说："我想请您帮我看看姻缘。"阿岛婆好像没听清，努力睁开眼睛，单手附耳问道："什么姻缘？"然后又嘻嘻笑着用那怪异的嗓音说："您想找女人吗？"新藏憋着火："是的，所以来找您。要不然谁会来这种……"他有样学样地哼笑了回去。阿岛婆却态度自然，挥挥手笑着打断新藏说："我刚才不会说话，您别生气啊。"然后改了口气，貌似认真地问："年龄多大？""男方二十三岁，属鸡。""女方呢？""十七。""属兔啊！""出生月份是……""行了，只需知道年龄便可。"说完，她开始掐指算，那动作好像在数星星。一会儿，她抬起眼皮对新藏说："不行，大凶！大凶！"她说得很骇人，然后又絮絮叨叨说了很多定论似的话："要是在一起，两人中有一个就会有性命之忧。"新藏怒火中烧。看来，就是她在背地里散布谣言，说我的姻缘危及性命。他忍无可忍，打着饱嗝喷着酒气破口大叫："大凶就大凶。男人一旦钟情，性命又算得了什么！烧死、砍死、淹死，都值得。"此时阿岛婆又微睁双眼，嚅动厚唇讥笑地说："那，男人先死了，女人怎么办？更别说死了女人的男人，一样是痛不欲生嘛！"老婆子，看你敢碰阿敏一根手指头。新藏内心想着，瞪着阿岛婆继续说："两人同生共死！"面对激动愤怒的新藏，阿岛婆不动声色地反唇相讥："男人啊！"新藏记得自己当时忍不住打了个冷战。就好像，他在向对方下战书一样，不寒而栗。阿岛婆看出了新藏的害怕，猛地扯了一下黑色的衣服，语调哆哆地说："不管怎样，人算不如天算！你不要不自量力了！"然后翻着白眼双手附耳说："听听！真实例子就在眼前！你没听见有人在叹气吗？"新藏不禁细心倾听，除了隔壁阿敏的动静外，他什么都没听到。阿岛婆眼珠骨碌碌转，好像在仔细辨听，说："你真没听到吗？有一个跟你一样的年轻男子在河边石岸上叹气呢！"阿岛婆向前膝行几步，映在身后衣柜上的影子越发放大。新藏闻到了阿岛婆身上的怪味。拉门、隔扇、神酒壶、神镜、衣柜和坐垫，都在阴森森的妖气中走了样，呈现出奇形怪状。"那位年轻人也跟你一样色迷心窍，违抗了附在阿岛婆身上的婆婆罗大神。因此大神立即降罪，年轻人转眼殒命。他就是你的榜样。你好好听听吧！"话音如同无数苍蝇振翅般聒噪，从四面八方钻进新藏的耳朵里。正在此时，拉门外竖川边传来了什么人投河挣扎的喧嚣，撕破了夜幕。闻声丧胆的新藏再也坐不住了，连最后威胁阿岛婆的硬话都说不利索。他甚至忘了正在啜泣的阿敏，跌跌撞撞地冲出阿岛婆的家。

　　回到自己家里，第二天一起床就看到报纸上说昨晚竖川有人跳河自杀。仔细看下去，报上说那人是龟泽町木桶匠的儿子，因为失恋，在第一道桥和第二道桥的石岸边跳河了。

想必此事对新藏打击太大，他突然发起了高烧。此后三日卧床不起。可他躺着也是心事重重。不用说，还是为了阿敏。当然现在看来，阿敏并非已移情别恋。她突然告假又不让新藏再来，无疑都是阿岛婆的阴谋。他无法再怀疑阿敏，另一方面又疑虑重重：自己和阿岛婆无仇无怨，她为什么要这样做呢？再说阿敏和这样能指挥人跳河的神婆一起住，没准过不了多久，就会被赤身绑在婆娑罗大神的祭台上烧死。想到这，新藏躺不住了。第四天一离开寝榻，即欲找阿泰讨教妙策。恰在此时阿泰打来电话，且不为别的，正是阿敏的事。阿敏昨夜很晚去找阿泰，说一定要面见少东家说明详情。当然，她不能直接往东家打电话，只能托阿泰传话。新藏也想见到阿敏，于是紧贴着送话器急切询问阿泰："她说要在哪里见面？"巧嘴利舌的阿泰先卖个关子："这个嘛……"然后才说："不管怎样，才见过两三次面，这个腼腆姑娘就说要到我家来，恐怕也是被逼无奈。我也被她感动，立刻与她合计你俩如何见面。她对阿岛婆谎称去洗澡，倒是能出得了家门。要是去河对面的话，有点远，没别的去处，就来我家二楼吧。她不好意思麻烦我，有些不肯。我觉得她这样客气也没什么，就问她有没有想好的地方。她红着脸小声说请你明天傍晚到河岸边见面。真是好有情调啊。"阿泰好像忍不住想笑，新藏却笑不出来，他急急地确认："是在石岸边见面吗？"阿泰回答："我没有别的办法，只好这样说定了。时间是六点到七点之间。谈完之后，你再到我这儿来一趟。"新藏应允并道了谢，紧接着挂上了电话。不过，现在到傍晚这段时间漫长难熬，一刻三秋。新藏拨了一会儿算盘，又帮着对了对账，再吩咐一下送中元礼事宜。此时他仍无法掩饰自己焦急的神情，只顾盯着窗格上挂钟的时针。

就这样难耐地度过了半个下午，终于在将近五点的时候，新藏出门了。此时已是斜阳夕照。哪知此后就开始连连出现怪事。小伙计替新藏摆好木屐，新藏穿上，刚从新刷漆的书刊亭广告牌后面向马路上迈出一步，就有两只蝴蝶擦着他的草帽飞过。看着像大凤蝶，翅膀泛着荧荧的青光。他并未太在意。两只蝴蝶朝夕阳翩然而去。他看了一眼，跳上刚好停下的电车，在中途换车时，又是那两只蝴蝶纠缠飞舞在草帽前。他并不认为是日本桥那两只蝴蝶追踪到此，所以仍不理会。离约好的时刻还有些时间，于是他拐进第一条巷子，找到一家招牌上写着"荞"的、清爽整洁的荞面馆，边吃晚饭边做准备。当然，今天要表现得风度翩翩，所以他滴酒未沾。可他又觉得胸口堵得难受，喝了一杯凉麦茶，这才稍有缓解。大街已昏暗下来，他像躲人耳目的逃犯一般，悄然撩开门帘来到店外。此时，一对蝴蝶又像跟踪一般，忽而飞到纳闷愣神的新藏鼻尖前。还是那种蝴蝶，黑丝绒般的翅膀上涂着青色荧光粉。可能是幻觉，飞向前额的蝴蝶，似乎将冷飕飕的夜气剪切成了乌鸦般的形状。新藏不禁惊诧驻足。自己会不会也在石岸边投河自杀？想到此，他有点犹豫。但是他更担心将要见面的阿敏。于是他重新鼓足勇气，走过院门前，毫不在意夜色中恍如蝙蝠的人影，直奔见面地点。

　　经过这一番折腾，在岸边等阿敏的时候，新藏已经没了好心情。他比在店里那会儿还要焦躁，一会儿摆摆帽子，一会儿看看袖子里的怀表，一看还不到一个小时。然而，阿敏仍迟迟不来。他不由自主地离开石岸，向阿岛婆家走了几十米。右侧有一家澡堂，大大的彩绘仙桃上方挂一块仿唐刷漆招牌，写着"根治百病桃叶汤"。阿敏出得家门借口去澡堂，会不会到了这里？——恰在此时，有人掀开女池门帘来到昏暗街面，正是阿敏。她还是穿着之前见到的那身衣服：蓝底白花单衣，系着红色花朵腰带。因着刚洗过澡的缘故，脸色更显光鲜亮丽。梳着银杏发髻，乌发润泽，还能看到梳子印。胸前捧着湿汗巾和皂盒，不安的眼神左顾右盼。她一眼就看到了新藏，饱含忧虑的眼睛微微弯了弯，随即轻快地跑到新藏面前，说："您等很久了吧。""哪里，没等多久。倒是你，出来一趟不容易吧？"说着，就和阿敏一起向石岸边慢慢走去。阿敏仍是惴惴不安，神色慌张地向后观望。新藏故意用挖苦的腔调说："你怎么啦？好像有人跟踪似的。"阿敏一下子面红耳赤，仍旧不安地说："哎呀！你特意来看我，我还没感谢你呢——多谢光临！"这样一来，新藏也忐忑不安起来。他仔细询问原委，直到岸边。阿敏只是苦笑着答道："要是被人看到就糟了。不光是我，连你也会倒大霉的。"她只说了这两句。不一会儿，两人就来到了约好的地点。岸边暗处有个石狮子，从石狮子前面到河边，那里有很多从船上卸下来的石料。到了这里，阿敏终于不再紧张，停下了脚步。新藏小心翼翼地跟着走过来。这里被石狮子挡着，不会被街上的人发现。他一屁股坐在了石料上，也不管上面的湿气，催阿敏快点回答刚才的问题："说与我性命攸关，说我要倒大霉，到底是怎么回事？"阿敏望了一会儿漫浸石墙的暗青色河水，口中念念有词地祈祷了几句。然后她回头看着新藏，莞尔一笑轻松地说："到这里就不要紧了。"新藏像被狐狸蛊惑，一言不发地盯着阿敏。随后，阿敏坐在新藏身旁，断断续续地悄声述说起来。看起来，两人的确遭遇了凶恶的敌手，若是时间地点选择不当，即刻便有杀身之祸。

外人都以为阿敏是阿岛婆的女儿，其实是外甥女。阿敏的父亲继承祖业成了神社里的木匠，曾经对女儿说："阿岛婆很不一般。光看她的两肋就知道了，长着鱼鳞呢！"他见到阿岛婆总是避如蛇蝎，要么赶紧点火驱赶，要么撒盐辟邪。世事难料，父亲去世之后，母亲的外甥女成了阿岛婆的养女，那女孩同阿敏一起长大，体弱多病。于是阿敏家和阿岛婆家也就成了亲戚，相互往来了。但是只有一两年的光景，阿敏的母亲也撒手人寰。阿敏没有舅舅，所以不过百日，就到日本桥的新藏家去做帮工，也与阿岛婆断了交往。阿敏怎么又到了阿岛婆家呢？容后细表。

阿岛婆的身世，阿敏的父亲知道一些。阿敏可一点都不了解，只听母亲她们说过，阿岛婆会招魂。阿敏认识阿岛婆的时候，她已经开始借助婆娑罗大神的力量跳神和算命。这位大神和阿岛婆一样身世不详，有人说是天狗变的，有人说是狐妖，什么说法都有。阿岛婆的守护神属于天满神宫，在她的认知里，神宫里的神官之类的肯定是龙族。也许就是因为这个，阿岛婆每天晚上过了两点，都会爬下后院的梯子，她将腰身和脑袋全都泡在河中，一泡就是小半个时辰。若在阳春三月的现在倒也罢了，然而在雨雪纷纷扬扬的寒冬腊月，她也只裹着一层浴衣，似水獭般扑通地扎入河水。阿敏有时放心不下，一手提灯，一手推开套窗悄悄向河面望去。只见对岸的一溜儿仓库房顶残留着皑皑白雪，更映出阿岛婆那漂在黢黑水面的浮巢般的短发。既然付出如此代价，阿岛婆跳神算命便很灵验。但表面看似为民排忧解难，其实，暗中给阿岛婆使黑钱，咒死父母、丈夫、兄弟姐妹者也大有人在。前不久从这石岸边投河自尽的青年，听说也是阿岛婆不费吹灰之力给咒死的。那老板和那青年看中了同一个艺伎。奇怪的是，不知怎么回事，阿岛婆咒死过人的地方，咒语便不再灵验，不仅如此，现场发生的一切皆可瞒过阿岛婆的千里眼。所以阿敏特意邀约新藏到此会面。

　　阿岛婆极欲拆散阿敏和新藏，其实另有一层背景。今年春天，有个证券商来找阿岛婆掐算财运，看上了貌美温顺的阿敏。他斥巨资诱阿岛婆就范，要娶阿敏为妾。但若仅此而已，花些金钱即可办妥。可这时偏偏出了怪事：离开阿敏，阿岛婆便不会跳神也不会算命。每次阿岛婆跳神算命，都得请婆娑罗大神附身在阿敏身上，然后从阿敏口中得到神旨。

神灵本应该直接附身在阿岛婆身上，奈何阿岛婆那时会犯迷糊，哪怕当时知道神旨，醒来也会忘光。无奈，只好请神灵附在阿敏身上，借以聆听旨意。因了这层原因，阿岛婆也就更不能让阿敏离开。可那证券商趁机却又暗自盘算：只要娶了阿敏为妾，阿岛婆定会跟来。让她掐算股市行情，搞好了可以富甲天下，财色双收。

　　阿敏被附身的时候，虽然恍恍惚惚，但阿岛婆做的那些坏事毕竟是从自己嘴里得到命令的，因此善良的阿敏觉得自己成了害人工具，莫名有些害怕。之前说到的那个养女，也是同样的遭遇。那姑娘本来身体就弱，越折腾病越重，再加上内心的罪恶感，终于承受不住，在一个阿岛婆熟睡的夜晚自尽了。可怜的姑娘给幼时伙伴阿敏留下了遗书，却正中阿岛婆下怀。她想让阿敏接班，巧借此机诱使阿敏请假过来，还放言说杀了自己也不会放阿敏回去。阿敏与新藏约好见面的那晚本也打算乘机逃回，可对方也在小心戒备。阿敏每每向格子门观望时，总会看到一条巨蟒盘在那把守。她到底没能鼓起勇气迈出一步。其后阿敏仍多次谋划瞅空逃脱，可就是难以如愿，令她自己也百思不解。于是只好无奈地认命，虽属违心也只能就范。

　　阿岛婆平时就对阿敏很残忍，自从那天新藏来过之后，她对阿敏的恶行变本加厉，不仅仅是口头言语上的辱骂，还时常动手打掐阿敏。到了夜深人静的时候，还会把阿敏吊起来，或者让大蛇缠着阿敏的脖子，手段令人发指。更让阿敏害怕的是，阿岛婆边打边吓唬，如果阿敏不乖乖听话，就让新藏减寿。这样一来，阿敏更不知道怎么办了。除了认命，万念俱灰。万一让新藏受到了伤害，那才是最可怕的。她终于下定决心，将一切都告诉了这位青年。新藏听完前后经过，感到阿岛婆手段何等了得，且更令人鄙夷、厌恶。阿敏在去阿泰家之前曾踌躇彷徨，进退两难。讲完了如此这般，她又抬起一如往日的苍白脸庞，盯着新藏的眼睛说："阿敏如此苦命之身，无论怎样痛苦、哀伤，都只能痛断情思。就像过去一样，只当我们素不相识吧！"说完阿敏已无法忍耐，依偎在新藏的膝前，咬着袖口哭了出来。惊慌失措的新藏只能抚挲着阿敏的后背，呵斥一番又鼓励一番。然而欲与阿岛婆对抗，则不得不遗憾地说，他俩的恋情想要如愿以偿是毫无胜算可言的。不过新藏为了阿敏，决不会向阿岛婆示弱。他强打精神说道："没事儿，不用怕，过不多久就会见分晓。"虽然这是一时应景的安慰，阿敏终究止住了泪水。她离开新藏时，仍然哽咽着说："时间充裕或许还能设法挽救，可阿岛婆说后天又要请神了。到那时，万一我说话走了嘴……"新藏不禁有些泄气。后天请神！只剩下两天的时间了。否则自己和阿敏都会有很大的危险。两天，有什么办法能治住那个老太婆呢？报警也不行，法律也管不了鬼神犯罪。靠社会舆论也不行，人们只会以为阿岛婆是搞迷信的而一笑了之。想到此处，新藏又着胳膊茫然呆坐。事到如今已无法可想。痛苦的沉默之后，阿敏抬起泪眼仰望着闪烁微弱星光的夜空喃喃自语：

"倒不如干脆死了的好。"随即像惊弓之鸟一般提心吊胆地环视周围，又说："耽搁太晚阿岛婆又要训斥我。我得回去了。"阿敏已是疲惫不堪。哦，算起来到这儿已经半个小时了。夜色伴着涨潮的腥风笼罩了他俩，对岸的柴堆、下面泊靠的乌篷船也已隐入苍茫之中。只有竖川河面微光粼粼，仿若大鱼翻起了白肚皮。新藏搂着阿敏的肩膀，轻柔地吻了她说："不管怎样，明天傍晚还到这儿。我也要尽快想出办法来。"他心里默默给自己打气。阿敏轻轻拭去泪痕，默默点头，悲伤而无助。垂头丧气的阿敏和无精打采的新藏一同起身离开，绕过石狮子回到了大街上。星光下，阿敏低垂着头，露出娇美的脖颈。她又忍不住想哭："啊，我真想一死了之。"她又一次喃喃细语。就在此时，刚才蝴蝶消失的电杆下突然显现出一只巨大的人眼。没有睫毛，蒙着淡青色薄膜，瞳仁混浊，似曾见过。那只人眼大逾三尺，先是水泡一般突然鼓出，随后离开地面少许飘起，接着呆滞片刻。旋即，那混沌灰黑的眼瞳乜斜到一边。不可思议的是，这只巨眼融混于街面流动的夜幕之中，虽然神色模糊不清，却难掩无以言喻的祸心。新藏下意识地握紧双拳呵护着阿敏，且拼命要看清那个幻影。说实在的，当时他浑身的毛孔都像是吹进了阴风，从头顶到脊梁到脚底全都凉透，几乎要窒息。他想呼喊，舌头却动弹不得。那只巨眼也在拼命显示憎恶之意，反目直瞪新藏。幸而对峙之间巨眼变得模糊起来，最终当贝壳般的眼皮脱落之后，就只剩下电杆，没有了任何怪物的踪迹。只是，那蝴蝶似的怪物翩翩飞起，用某种眼光看去恰似贴着地面飞行的蝙蝠。新藏和阿敏如梦初醒，大惊失色。他们对视一会儿，从对方的眼里读出了惊恐和决心赴死的含义。二人紧紧握着手，浑身忍不住颤抖。

　　过了半个小时，新藏来到阿泰家里，在舒适的客厅里，他向阿泰小声叙述着这些奇怪的事。黑色的蝴蝶、阿岛婆的秘密——在普通现代人看来就是在瞎编乱造，但阿泰之前接触过阿岛婆，所以比较容易接受。阿泰给新藏端了一碟冰激凌，认真听着新藏的话。"当那只巨眼消失之后，阿敏脸色煞白地说：'这可怎么办？阿岛婆已经知道我在这里跟你见面了。'可我逞强地说：'事到如今，咱们和那老婆子之间的斗争就算开始了，管她知道不知道。'麻烦的是，我已与阿敏约好明天还在石岸边见面。今晚会面已经暴露，恐怕明天老婆子再不会放阿敏出来。就算终究能把阿敏从老婆子魔爪下救出，也得在今明两天之内想出好办法。如果明晚见不到阿敏，所有的计划就全部泡汤。我看，现在神仙佛祖都见死不救了。我和阿敏分手后往这儿走时，就觉得脚不沾地，飘飘忽忽的。"新藏说完，才动了动手里的扇子，忧虑地望着阿泰。出乎意料的是，阿泰却不急不躁。他看了眼屋檐上的葱草，又转过来看新藏，皱眉思考了一下，又自信地说："你有三道难关需要过。第一道，你要把阿敏安然无恙地救出来。第二道，只剩下两天时间。第三道，为了完成计划，你得在明天见阿敏一面。第三道难关一过，前两道也就不是问题了。"新藏还是没有信心，疑惑地问："为什么？"于是，阿泰还是一如既往的镇定："没有为什么。如果你见不到的话……"他突然环视一下周围才说："这个嘛，要保密到最后关头。听你刚才说的，那老婆子好像已在你身边布下天罗地网，所以千万别走漏了风声。其实，第一关和第二关也并非牢不可破。好了好了，一切包在我身上啦！不说这些了。今晚喝足啤酒，好好壮壮胆。"阿泰有些敷衍地笑了一下，就不告诉他计划，新藏有些着急生气，但喝了酒想了想，又觉得阿泰这样谨慎也有些道理。因为喝酒的时候发生了一件怪事。他们俩边喝边聊天，阿泰发现桌上杯子里的啤酒沫儿都快没了，新藏还没动口。于是他握着滴水的啤酒瓶催促新藏："来，痛痛快快地干一杯嘛！"新藏也没多想，端起酒杯要一气喝干，却见杯口直径二寸左右的表面，映出顶棚的电灯和身后的苇帘窗。刹那间，又出现一副颇不顺眼的面孔。不，准确地说只是不顺眼，是否堪称面孔尚未可知。让我说，似鸟又似兽，或说它像蛇、像青蛙也挨得上。与其说是面孔，莫若说是面孔的一部分。那东西背对着灯光，影子就投到了杯中酒里。那眼睛和新藏一对视，立马就消失了。新藏放下酒杯，环视四周，什么都没找到。电灯还是亮着，檐上草还被风吹动着。哪里也看不出来藏着妖物。阿泰见状问道："怎么了？杯子里有虫子？"新藏抹了把脑门上的冷汗，回答说："没有，我看见杯子里出现了一个怪面孔。"听到此话，阿泰像回声反射般重复道："映出一张怪面孔？"随后也瞅瞅杯中。不消说，杯中除了阿泰的面孔别无他物。"你神经过敏了吧？难道那个老婆子会把手伸到我这儿？""可不是嘛！你自己也说过，我身边已被老婆子撒下的天罗地网罩得严严实实。""很有可能。总不会是那老婆子伸出舌头喝了一口酒吧？那就干杯吧！"阿泰千方百计要将情绪低落的新藏鼓动起来，而新藏却越发垂头丧气，终于连那杯啤酒都没喝完，就准备打道回府。阿泰迫不得已，只能热心地为新藏再三鼓劲，而且说坐电车不放心，还给新藏叫了人力车。

那天晚上睡觉时，新藏总做噩梦，屡屡吓醒。但天一亮，他就记起要给阿泰打电话道谢。接电话的是管家，说阿泰一早就出门了，不知道去了哪里。新藏猜测阿泰去了阿岛婆家，想问又不好问，而且问了也不见得能问出来。于是留言说让阿泰一回来就通知他。快中午的时候，阿泰打来了电话。他以看房产的名义真的去了阿岛婆那里。"幸亏见到了阿敏，好歹算是把我的计划信塞给了她。明天才能回话。此事非同寻常，阿敏也会积极配合的。"听到阿泰这些话，新藏就觉得百事皆顺，于是越发想知道阿泰的计划。"你到底打算怎么办？"阿泰又露出昨晚打电话时的嬉笑貌说："好啦，再等两三天吧！对手可是那个老婆子，连打电话都不能掉以轻心。总之，有机会我给你打电话。再见。"挂上电话，新藏一如往常坐在账台木格墙后。自己和阿敏的命运这几天就要出结果了，也不知道是该担心害怕，还是应该高兴期待。他没有心情算账，推说自己还生病发烧，过了中午就到二楼卧室睡觉去了。他还是觉得自己的一举一动被盯着。的确，下午三点多的时候，楼梯口那好像有什么人，蹲在那偷窥自己。新藏立即起身出去察看，只见擦得锃亮的走廊地板朦胧地映出窗外的天空，却连个人影都没有。

到了第二天，新藏更坐不住了。好不容易到了昨天接电话的同一时刻，阿泰终于来电话了。他的声音比昨天还精神："太不容易了！阿敏回话了，就按照我的计划来。什么？怎么得到回话的？这还不简单，我又找了点事去老太婆家呗。昨天就已经说好了，阿敏来开门的时候就把回信塞给了我。"阿泰扬扬得意地回答。可今天的事却更加奇怪，阿泰说到一半儿时，电话中夹杂了另外一人的声音，说什么内容一点儿也听不真切，总之与阿泰响亮的嗓音正相反，瓮声瓮气，有气无力，上气不接下气。那种嗓音夹在阿泰话语间歇中，就像阴阳两界的声音一起传了过来。新藏最初以为电话线串音了并没在意，只顾催问其后的情况。他太想知道令他朝思暮想的阿敏处境如何。然而不久，阿泰也听到了那种怪声，问道："怎么这么吵？是你那边吗？"新藏答道："不，不是这边。可能是串线了。""那就挂上重拨。"尽管他两次三番地埋怨接线员，执着地重拨电话，可那蛤蟆哼哼般的嘟囔声仍然不绝于耳。阿泰也泄气了。"没办法，可能是哪里出问题了。话说回来，阿敏已经同意计划了，你就等着好消息吧。"新藏还是不死心想知道阿泰的计划："你到底要怎么做？"阿泰还是紧咬牙关不透露："再等一天吧。明天这个时间之前你就能知道了。好了，别着急，就慢慢等着吧。不是说'有福之人不用忙'吗？"阿泰这话刚说完，电话里出来一个明显带着嘲弄的声音："别瞎折腾了！"新藏和阿泰惊了一下："哪里的怪声？"这下听筒里什么动静都没了。"不行，刚才那声音可能是老太婆的。没准明天的计划也……唉，一切全看明天吧。我挂了。"阿泰边说边挂电话，语气中显然包含了几分狼狈。实际上，阿岛婆既然注意到了他俩的电话，那么阿泰和阿敏交接密信也无疑受到了监视。阿泰心慌意乱也属自然。更何况在新藏看来，尽管不知计划的内容，但若被那老婆子乘虚而入，岂非万事皆休？所以，新藏离开电话后，就像丢了魂儿似的昏昏然上了二楼，在起居室遥望窗外的蓝天直至傍晚。也许是错觉，那空中又不时出现几十只瘆人的蝴蝶。它们成群结队地飞舞着，交织成气氛不祥的泡泡纱纹样。新藏身心疲惫，对那怪异景象已经麻木不仁。

那天晚上新藏还是总做噩梦，仍没睡好。快天亮的时候才恢复了点精神。早饭吃得很没胃口，吃完就给阿泰打电话。阿泰还没起床，带着睡意抱怨："你怎么这么早打电话？太过分了。我不喜欢早起，这会儿接电话简直就是要我的命。"新藏不理会他的语气："昨天打完电话，我就等不下去了。我要去你那里，只听你电话，我有点不放心。我马上就过去。"阿泰听他情绪激动，也别无他法。"那就来吧！我等你。"听到阿泰痛快应允，新藏挂上电话，只板着脸看一下面带忧虑的母亲，也不说去哪儿便一步蹿出门外。出得门来，却见天空阴云密布，而东边云缝间却透出紫铜色的光芒，天气格外闷热。新藏当然顾不上多想，立刻跳上电车。幸好乘客不多，他便坐在了中间。此时，似已消除的疲惫不怀好意地卷土重来，新藏便又萎靡不振。他甚至感觉有点头疼，仿佛帽子在勒紧。他想通过转移注意力缓解一下，一看发现周围有点怪异——车顶两侧的吊环都在随着车身晃动而摇摆，他眼前的这个却不动。一开始他只是奇怪，并没在意。但过了一会儿，那种被监视的感觉又出来了，而且越来越强烈。他觉得坐在这个不动的吊环下面不舒服，就换了个位置。再抬头就惊住了：那只不动的吊环开始晃动，其他原来动着的吊环却都静止了。虽然见多了怪事，但新藏还是有点害怕。他不由得环顾四周想求助。斜对面坐着一个老太太。她的视线越过黑色披风的领口，透过金边眼镜反扫了新藏一眼。当然，她肯定与那个跳神阿岛婆无关。但新藏在感受到那视线的同时却立刻想到阿岛婆青肿的脸。他已不堪忍受，猛地将车票塞给乘务员便噌地跳下电车，比那没掏着包儿就露了马脚的扒手还要神速。可电车毕竟仍在飞驰，新藏脚一沾地草帽就飞了，木屐的袢儿也断了，而且摔了个大马趴，膝盖也蹭掉了皮，磕得不轻。岂止如此，要不是爬起来得快，恐怕就要置身于卷起尘土的大货车轮下。新藏满身泥土，又被迎头喷了一股尾气。他望着疾驰而过的大货车黄漆后门上的蝶形商标，又在为自己身怀绝技、大难不死而庆幸。

　　这场惊险发生在鞍挂桥站前四五百米的地方。此时碰巧过来一辆人力车，先上车再说。新藏惊魂未定，急催车夫快去东两国。一路上他余悸难平，膝伤锐痛。再加刚才那通折腾，他又产生了不祥的预感，担心这人力车不定何时也会翻掉，简直绝了他的活路。特别是车到两国桥时，只见国技馆上空乌云密布，层层叠叠地镶着银边。新藏感到自己即将与阿敏生离死别，甚至有些泪湿眼眶。怀着这样的心情，不知不觉间车过了大桥，到了阿泰家门口。这时的新藏真不知道是高兴还是悲伤，复杂的情绪纠结于胸，让他百感交集。在车夫诧异的目光中，新藏迅速多付了一些钱，就匆匆进去了。

阿泰见新藏来了，连忙把他让到里屋。一转眼看到新藏这副形容，不禁有点吃惊："你这是怎么了？怎么搞的？""我从电车上跳了下来，受了点伤。""你又不是没坐过车，怎么会笨到这个程度？你为什么要跳车？"于是新藏把经过详细告诉了阿泰。听完之后，阿泰皱了眉："情况不太好，可能是阿敏那里出问题了。"新藏一听到阿敏的名字就紧张，追问阿泰："出了问题？你让她干什么了？"阿泰却不回答，叹口气说："唉，到了这个地步，也许是我的责任。我要是不在电话里说出跟阿敏通信的事，老太婆也不会知道我的计划。"新藏越发着急，颤抖着嗓音一个劲儿地埋怨："都到这份儿上了，你还不告诉我是什么计划。你也太狠心了吧？为此我已吃尽了苦头。"阿泰摆手劝阻道："好了，那也是在所难免。我非常清楚。但既然敌手是那个老妖婆，你就要体谅我此举实属迫不得已。其实就像刚才所说，我要是不告诉你我与阿敏通过信，也许一切都会顺利。不管怎么说，你的一言一行都在阿岛婆监视之下。不，没准儿那次电话以后，我也被那老婆子盯上了。不过到现在为止，我还没碰上你那样的怪事。我的计划是否真的败露尚未可知。不到水落石出，你再怎么恨我，我也都得忍着。"阿泰循循善诱地解释，好言安慰。可新藏听了，即使同意阿泰的看法，却不会打消对阿敏安危的挂念。他眉间仍然存留着恼怒的神情。"就算你说的对吧。可阿敏她没伤着吗？"他单刀直入地追问阿泰。阿泰仍露出忧心忡忡的眼神，只说了一声："不清楚啊！"忧心忡忡地沉默了一会儿，阿泰有点坐不住了，看了一眼墙上的挂钟说："我也很担心，咱们别去老太婆家，就去附近看看吧。"新藏正担心得要命，一听阿泰的建议，当即同意，只用了五分钟时间就穿着单衣出门了。

可离开阿泰家还没走出五十米远，后边就呱嗒呱嗒地追来了一个人。他俩回头一看，不是什么怪物，却是阿泰店里的小伙计，扛着一把蛇眼伞来追主人。"送伞来啦？""是。管家说像要下雨，请您带上伞。""既然如此，为什么不给客人也送一把？"阿泰苦笑着接过那把蛇眼伞。小伙计大大咧咧地挠了挠头，又浑身不自在地鞠了个躬，便撒欢儿似的往回跑了。说要下雨还真准，满天彤云已经黑压压地弥漫开来。云缝中漏泄的亮光仿佛打磨发亮的钢柱，透着几分可怕的阴森。新藏同阿泰边走边凝望着此般天色，又被一种不祥的预感所笼罩。自然也就话少，只顾加快脚步。阿泰总是落在后面，不得不小跑几步跟上，慌里慌张地擦着汗水。后来实在追不上，就放任新藏先走，他自己拿着伞慢悠悠跟在后面，同情地看着前面的同伴。走到阿敏和新藏看见巨眼幻象的地方，也就是第一道桥左拐的地方，一辆人力车从阿泰身边飞驰而过。阿泰看见车上的乘客，立刻尖声唤住走在前面的新藏。新藏不耐烦地停住回头说："干吗？"阿泰急急追来，没头没脑地问："你看到刚才坐在车里的人了吗？""看到啦！一个戴黑眼镜的瘦男人嘛！"新藏狐疑地说完抬腿又要走，阿泰更无顾忌，用比刚才还庄重的语气说出了意外的情况。"你听着，那是我们家的大主顾，叫键惣，是个投机商。我想，没准儿就是他要纳阿敏做妾。你说呢？啊，倒也没有什么根据，只是直觉而已。"新藏还是闷闷不乐地甩出一句："咋能只凭直觉而已呢？"他连那块"桃叶汤"的招牌都不看就向前走去。阿泰举起伞指着前面："也不全是感觉，你看前面，那车停在阿岛婆家门口了吧？"说完看着新藏，一副不出我所料的得意表情。新藏望去，果然是真的。那车停在垂柳下，车夫正在悠闲地休息。见此情景，新藏的表情有点变化，但还是那样郁闷。他有点烦躁地说："可是，来找老婆子算财运的证券商，有很多吧？不只是键惣一个人吧？"说着两人来到阿岛婆家隔壁门前，阿泰也不再分辩，小心翼翼地观察着环境，以保护者的姿态和新藏并肩走过阿岛婆家门前。只见那门前除了有辆车外，与平日没什么区别。车就在眼前，耳朵后面别着"金蝙蝠"香烟的车夫在看报纸。地上有车轮印，从隔壁家门前到下水道前粗粗的两道儿。阿岛婆家的木格窗、木格门，以及里面隔扇的老旧颜色，都毫无变化，还是那样阴森寂静。不仅看不到阿敏的身影，连她常穿的那身蓝底白花衣服的袖子也看不到。慢慢穿过阿岛婆家门前的两人，不再那么紧张，但什么都没看到，让他们感觉很沮丧。

　　来到杂货店前，只见上方吊着一溜写有蚊香字样的大红灯笼。店前摆着浅草纸、椭圆棕刷、洗头粉等一应杂货。摊前站着一个人，正与杂货店老板娘说话。那不就是阿敏吗？没错！他俩不禁面面相觑。刻不容缓，两人撩着单褂下摆，大模大样地鱼贯而入。有所觉察的阿敏回头瞅着他俩，苍白的腮边眼看着泛起隐约的红晕。可是当着杂货店老板娘的面，她不能不有所掩饰。弯垂于店前的柳条仍然披在肩头，勉强地按捺着激动的心情，阿敏只轻轻哎呀地惊呼一声。此时，阿泰镇定从容地抬手略触帽边，不动声色地搭话问道："您母亲在家吗？""是的，在家。""那，你在做什么？""客人要用白纸，我来买……"阿敏话未说完，垂柳遮蔽下的店前忽地昏暗下来，霎时有一道雨丝闪着白光斜刺里掠过大红灯笼。顷刻间响起隆隆雷声，震得柳叶瑟瑟发抖。阿泰踏着雷声迈出店外一步。"那就给你母亲捎个话，说我又有事想求她掐算掐算。刚才我在门口喊了好几次，没有人应声。原来重要人物在这儿偷懒闲聊哪！"边说边左右顾盼阿敏和老板娘，潇洒快活地笑了起来。一无所知的老板娘当然没有看破阿泰的高超演技，还急忙催促说："阿敏，那你快去吧！"然后就去收回大红灯笼，以免雨大了淋坏。于是阿敏打个招呼："大妈，回见了！"便紧跟新藏和阿泰出了杂货铺。三人过阿岛婆家门而不入，借着雨伞的遮挡，直冲第一道桥奔去。在这短短的一刻，不用说性命攸关的新藏和阿敏，就连平日大大咧咧的阿泰，也觉得到了关键时刻。他们默不作声地前行，走到岸边，丝毫没注意到雨有多大。

不久便来到花岗岩狮子对面，阿泰终于抬头回身看着两人说道："这里就算最安全了。到里面躲躲雨，顺便歇口气儿吧！"于是，三人凑在一把雨伞下面，穿过垒起的石料堆间隙，来到岸边一间石工干活儿的席棚下。此时雨越下越猛，隔着竖川遥望对岸已是白茫茫一片，席棚也无法挡雨。不仅如此，浓雾般的雨沫与潮湿的土腥味一起扑进席棚，三人即使躲在席棚里，也还得靠一把蛇眼伞挡雨。他们在雕琢门柱的花岗岩石料上紧挨着坐了下来。新藏立刻说道："阿敏，我还以为再也见不到你了。"说话间，一道刺眼的闪电劈下来，接着，一声穿越云层的雷声滚滚而来。阿敏低埋着头，不敢起身。雷声过后，她抬起苍白的脸，不知望向雨中的何处，静静地说："我已经决定了。"听到这话的新藏脑海里清晰地闪现着"殉情"两个大字。坐在中间撑着伞的阿泰没明白他们的意思，只好鼓励他们说："喂！不要认输啊。阿敏也是。这是关键时刻。你家那个客人就是键惣吧？想娶你做小妾的就是他吧？"听到阿泰这样问，此时阿敏也像梦中猛醒，明澈的双眸盯着阿泰懊恼地答道："是的，就是那个人。""你瞧！

让我猜中了不是?"说着,阿泰不无得意地回头看看新藏,随即恢复了认真的语调,怜恤地对阿敏说:"雨下得这么大,键惣怎么也得在你家等上二三十分钟。借这个机会,你先说说我的计划进行得如何?万一计划落空,男子汉理当赴汤蹈火。我这就到你家去,直接向键惣摊牌。"阿泰斩钉截铁的话语,让新藏也深受鼓舞。此时,雷声越发激烈。天色未黑,伴随耀眼的闪电而下的是越来越大的暴雨。阿敏想必已经忘记悲伤,做好了以死相拼的准备,凄美的面庞更带上了几分冷峻。她颤抖着永不变色的美丽双唇说:"计划全都败露了……一切全完了!"然后在这漏雨的工棚里,伴随着雷雨交加的声响,阿敏用细弱而清亮的声音,喘息着断断续续讲了这两天发生的事情。听罢,新藏和阿泰明白计划确实是彻底败露了。

最初,阿泰听新藏说阿岛婆的秘密是让神灵附身在阿敏身上以得到神旨,那时就想到了一个计划:让阿敏假装被神灵附体,然后借机惩治老太婆。于是就在请阿岛婆掐算的时候,悄悄将计划给了阿敏。阿敏当时虽然觉得这个计划有点危险,但也想不出别的办法,只能下定决心试试,于是第二天就给了阿泰答应的回信。然而到了当晚十二点,在老婆子去竖川泡澡后又要祈求婆婆罗神显灵时,方知那完全不是人力所能规避的孽障。要想说明个中详情,还须解释老婆子的神通所在。此乃当今世人无法想象的道法。阿岛婆请神时,粗暴地命令阿敏只裹一层浴巾,并将其双手反剪吊起,扯乱头发熄灭电灯,在屋中央面北跪下。然后自己也是赤身裸体,左手点燃蜡烛，右手拿起镜子，站在阿敏面前口念咒语，并反复把镜子戳向对方，全神贯注地祈祷……不用说，只是这一折腾就足以令一般女子昏厥。

此后念咒声一浪高过一浪，那老婆子竖起镜子一分一寸地逼近，最后将双手反绑的阿敏逼得向地铺仰倒，仍然不肯罢手。这还没完，之后老太婆会像虫子一样趴在阿敏的胸前，继续让阿敏盯着蜡烛照着的镜子。不一会儿，婆娑罗大神就会悄无声息地附身了。阿敏变得目光呆滞、手脚不停抽搐，在老太婆连连逼问下，阿敏把所有的都说了。

那天晚上也是一样。阿敏遵守与阿泰的计划约定，表面假装呆愣，内心一直暗暗警惕。她打算看准时机假传神旨，叫老太婆不要妨碍她和新藏的恋情。她打定主意，对老太婆的连连逼问不作应答。然而，不知怎么的，凝视镜子中的烛光久了，心神渐渐恍惚，甚至不自觉地忘乎所以。老太婆的咒语紧锣密鼓地念着，像蛛网一样包围着阿敏的心，而镜面吸引了阿敏的目光，放出诡异的光彩，将她拉入梦幻般的境地。不知过了多久，阿敏完全不记得当时的情景。一夜过去，阿敏的苦心毫无结果，还是被老太婆知晓了。

微弱烛光下，各种大小形态各异的黑蝴蝶画着圆圈飞上了天空。阿敏仍如往常，死人般沉沉睡去。

雷鸣暴雨声中，阿敏的双眸、双唇都在竭尽全力地控诉阿岛婆施虐的经过。一直凝神倾听的阿泰和新藏，不约而同地长叹一声又面面相觑。不过阿泰还是很快就振作起来，鼓励阿敏说："你还记得当时的经过吗？"阿敏垂下眼帘答道："是啊，都不记得了。"随即抬起哀诉般的双眸忐忑不安地看着阿泰，怨恨地补充说："好不容易醒过来，天已大亮。"阿敏猛然以袖掩面，泣不成声。

此刻，棚外空中豁出一道云缝，隆隆雷声响彻穹宇，炸雷似乎随时都会落地。刺眼的电光频频闪耀，将席棚内映得雪亮。

一直呆坐的新藏突然站起身，凶神恶煞般向外面的风雨中冲去，手里还拿着一根钢钎。阿泰见状，扔掉雨伞，迅速冲上去拦住他。"你疯了？！"阿泰气急大声呵斥，新藏仿佛变了个人，拼命尖叫大喊："放开我！这个时候不是我死，就是她亡！""别犯傻！今天键惣来了，我去……""他是个什么东西？想纳阿敏为妾，会听你的吗？别废话，让我去！看在朋友一场的分上，放开我！""你不想想阿敏？你这样寻死，她怎么办？"

两人争执不休时，新藏感到阿泰友善地搂在颈肩的手臂在颤抖，且十分有力。他又看到，阿敏满含泪水的双眸极度悲凉地注视着自己。最后，在滂沱暴雨的轰鸣声中，一句微弱得几乎听不见的话语传入耳中："就让我俩一起死吧！"顷刻间附近落下一声炸雷，如同划破长空的霹雳，眼前炸开紫色的火花。被恋人和挚友搂抱着的新藏昏然失神。

几天过后，新藏终于从噩梦般的昏睡中醒来，发现自己静静地躺在日本桥家中的二楼上。额头镇着冰袋，枕边摆着药瓶、体温表。还有一盆小小牵牛花，开着温馨可爱的深蓝花朵。想必还是大清早。暴雨、雷鸣、阿岛婆、阿敏……一转眼就看到了阿敏在门旁坐着呢。她发髻有些乱，脸色苍白，一副担忧的样子。阿敏没有愣神，一眼就看见新藏醒了，脸带红晕羞涩地出声："您醒过来了？"新藏以为自己还在梦中，喃喃唤着恋人的名字。这时又一个声音在耳边响起："太好了！这下可以放心了。哦，你别动，安心休息吧。"原来是阿泰。"阿泰，你也在啊！""我在，你母亲也来了。医生刚走。"问答之间，新藏的目光离开阿敏，怔怔地转向另一方，仿佛在眺望远方之物。

没错儿，阿泰与母亲就坐在枕边，宽心地对视着。好不容易苏醒过来的新藏，还弄不清在那场可怕的大雷雨之后，自己是怎样回到日本桥家中的。他呆呆地望了三人一会儿。母亲慈爱地望着新藏说："一切都已风平浪静。所以你也要好好休息，早点儿养好身体。"母亲说完安抚的话，阿泰也显得比往常更加快活地说："放心吧！你俩的真情感动了神灵。阿岛婆在跟键惣说话时，被炸雷给劈死了。"新藏喜出望外。他被无以言表的感动激荡着，不禁泪挂腮边，紧闭双目。

照看他的三个人只当他又昏厥过去，慌忙地张罗起来。新藏闻声睁开了眼睛。刚刚起身的阿泰回头看看两个女人，故意夸张地咂着舌头说："啧啧！吓唬人呢！大家别慌，刚才的哭鸦现在又笑了。"一想到那个老太婆已经死了，新藏就忍不住幸福得想笑。过了一会儿，他才想起问阿泰："键惣呢？" "他啊，他干瞪眼没办法。"阿泰顿了一下又继续说，"我昨天去看过他了。他说，神灵附在阿敏身上反复警告，老太婆若是阻碍你们俩相恋，就会自取灭亡。老太婆不相信，认为是在骗她。所以第二天键惚去时，她便口出狂言说，即使大开杀戒也要拆散你俩。我的计划无疑是失败了，但实际发展的结果却达到既定目标。正是阿岛婆以为阿敏在说诳语，终于导致自取灭亡。整件事都让人意想不到。可见神灵有时候也辨不清善恶。"

阿泰连连感叹世事难料，新藏一面惊叹于强大的魔力，一面在想自己雷雨中晕过去后的情况，于是问："我后来……"阿敏接过话来回答他："我们赶紧叫车把你送到附近的医生那里，你一直发高烧。傍晚回到家，就开始一直昏睡。"阿泰满足地喟叹，近身鼓励说："你高烧的时候，多亏你母亲和阿敏的照顾。你一直在说胡话，为了照顾你，她们都没好好休息，你母亲三天来都没怎么合过眼。对了，阿岛婆也送葬了，我办的。你母亲两边都跟着操心了。" "母亲，谢谢您。" "谢我什么？还不赶紧谢谢阿泰。"

说话之间，母子俩，不，阿敏、阿泰都热泪盈眶。阿泰毕竟是条汉子，很快振作起来说："快到三点了吧？我也该走了。"说完便要起身。新藏疑惑地皱眉问道："三点？现在不是早晨吗？"阿泰对新藏的奇怪发问惊讶不已，问道："开什么玩笑？"并随手从腰间取出怀表，揭开盖子要给新藏看。又转眼看到新藏盯着枕边的牵牛花，于是笑逐颜开地说："这盆牵牛花呀，是阿敏在老婆子家精心培育的。可在那个雷雨天开的花，唯有这朵深蓝的至今不败。真是奇了。阿敏多次对我们说，功夫不负有心人，只要这朵花不败，你就一定会康复。你终于醒过来了。同样是匪夷所思，可这档事儿真够人情味儿！"

死后

——我有个习惯，睡下以后要是不看点儿什么书就睡不着。甚至，即便我已经看了不少书也还是睡不着的时候也屡见不鲜。因此，台灯和安眠药几乎称得上我的必需品，常年摆在我的床头。那天晚上，我像平时一样拿了两三本书躲进蚊帐，打开床头的台灯。

　　"几点了？"

　　这是旁边已经睡了一觉的妻子的声音。妻子把胳膊让吃奶的孩子枕着，侧过身看着我。"三点。"

　　"啊？已经三点了？我以为才一点左右呢。"

　　我随意敷衍了两句就不再作声，不想再与她交谈。

　　"啰唆！啰唆！闭上嘴，乖乖睡你的去吧！"

　　妻子模仿我说话的样子，小声吃吃地笑起来。但是没多久，妻子的鼻子已贴上孩子的脸，不知何时她又悄悄地沉入梦乡了。

　　我仍然侧对着她，看着《说教因缘除睡钞》。这是享保年间（1716—1736）的和尚搜集了和汉、天竺故事的八卷随笔集。可是里面不用说好笑的故事了，就是怪异的故事也很少。

我看着君臣、父子、夫妇等五伦部的故事，渐渐有了睡意。于是我关了灯，立刻进入梦乡……

梦里，我和 S 一同走在酷热难当的大街上，铺满砂石的街道差不多也就六尺至九尺那么宽，而且每家都向外延展着一模一样的卡其色遮阳棚。

"完全没想到你这么早就死了。"

S 一边挥着蒲扇，一边这么对我说。他似乎很同情我，但又不愿意明目张胆地对我表示同情。

"你看起来好像会活很久的样子。"

"是吗？"

"大伙都这么说。这个——你比我小五岁吧？" 我看 S 在扳手指头。"三十四？ 三十四就死了……" 他一下子不说话了。

我对自己死了倒不特别觉得遗憾，可是不知为什么在 S 面前我还是感到有点儿不好意思。

"你的工作才开始吧？"

S 又试探着问。

"是的，原计划可能会写很久的一个长篇只开了一个头儿……"

"您的妻子呢？"

"她活得好好的。孩子这段时间也很健康。"

"这就比什么都好。像我们这样的人也不知道什么时候会死啊……"

我看了看 S 的脸。S 还在为我已经死了而他自己却还活着高兴呢——我清楚地觉察到了这一点。一瞬间，看起来 S 也感觉到了我的不快，表情怪怪的不说话了。

谁也没说话，走了一会儿后，S 用扇子挡着太阳，在一家挺大的罐头店前站住了。

"那么我就失陪了。"

在光线略暗的罐头店里摆着几盆白菊花。我打量了一下这家店，猛然想起，S 的家就是青木堂的分店嘛。

"你现在和令尊住在一块儿吗？"

"是啊，刚开始不久……"

"那，再见咯。"

我和 S 分手后，马上拐过前边那条横街。那条横街角上的橱窗里摆着一台风琴，风琴的侧板被拆了下来，可以看到里边的构造。另外里边立着几只青竹筒。我看到这个，不禁想道："原来青竹筒也行啊。"然后……不知不觉间我走到了自己家门口。

旧旧的小门还有黑墙和平时没什么区别，就是门上方长了叶的樱花树也和昨天见到的一模一样。可是，门口的新名牌上写的是"栟部寓"。我看到这块名牌时，才感觉到自己确实是死了。但是我走进大门，甚至从玄关走进屋里都没觉得有什么不道德的。

妻子坐在饭厅的窗边，正在用竹皮做孩子玩的铠甲，身边全是干竹皮。她膝盖上的铠甲还只有身子部分和一片腰下的围甲。

"孩子呢？"我刚坐下，就赶紧向妻子打听孩子的去处。

"昨天和婶婶、奶奶一起前往鹄沼了。"

"那爷爷呢？"

"爷爷好像去银行了。"

"也就是说，现在家里没有人？"

"是的，除了我，就是一片寂静。"

妻子说这话的时候，并未抬头，而是继续用针缝着干竹皮。

但是，我很快从她的声音里听出她在撒谎。

这让我有点不高兴："门口的牌匾上不是已经换成'栉部寓'了吗？"

妻子终于抬头看了我一眼，她似乎被吓着了，眼神里不由自主地透露着以往挨骂时的无可奈何。

"有男人了吗？"

"是。"

"那他现在就在家里咯？"

"是。"

妻子完全不想再作任何辩解，只是不停地拨弄着手里的竹皮铠甲。

"其实，真有那么个男人也没什么，毕竟我已经死了……"

我像要自己说服自己一样接着说：

"何况你也还年轻，这些事我也不说什么，只要那个人老老实实的就行……”

妻子又抬头看了看我。我看着她的脸，感觉到一切都不能挽回了，同时也感到我的脸上渐渐没了血色。

"那个人不怎么样吗？"

"我倒不觉得他是个坏人。"

不过我明白了她本人对那个栉部也不怎么佩服。那为什么和那么个东西结婚呢？就算这还可以原谅，但她还不说他的坏处而只说好的——对这一点我没法不从心里生气。

"他是能让孩子喊爸爸的人吗？"

"你怎么问这个……"

"不行，不管你怎么辩解都不行。"

妻子还没等我开始骂就把头垂到了胸口，吓得肩膀直抖。

"看你有多笨！你这样让我能死得放心吗？"

我一时难以自控，遂一头扎进书斋。书斋的门楣上挂着一根消防钩。消防钩的柄上被涂满了黑朱相间的颜色。有人拿过这根消防钩——我正想着这事的时候，不知何时书斋和周遭的一切全都不见了，而我正走在有枳壳栅栏的路上。

暮色沉沉，道路昏暗未明。不仅如此，就连路上铺的煤炭渣也已经被不知是细雨还是露珠给打湿了。我怒气未消，只是大步流星地向前走去。但无论怎么走，枳壳栅栏依然在我前方无限绵延。

我一下子自己醒了。妻子和吃奶的孩子好像仍然睡得很香，但是眼看天已经泛白，静寂中只听得远处不知什么地方的蝉在树上叫着。我听着蝉鸣，担心睡不好明天（实际已经是今天）会头疼，恨不得瞬间入眠。可越是想尽快入睡，刚才的梦却越发清晰起来。梦里，妻子扮演着可怜的冤大头角色。那个 S，或许他原本就是如此。而我——对妻子来说，我变成了一个极致的利己主义者。特别是一想起现实的我和梦里的我是同一人格，成了更可怕的利己主义者。而且我自己与梦里的我未必就不是一回事。为了再睡一会儿觉，也为了避免病态良心的进一步发现，我咽进肚子里零点五毫克的安眠药，昏昏入睡了⋯⋯

点鬼簿

一

　　我母亲是个疯子。我从未在我母亲那里感受过一个母亲特有的温情。我母亲用发梳盘着头，老是独自一人坐在位于芝的娘家，吧嗒吧嗒地用长烟管抽着烟。她的脸庞不大，身体也比较娇小，而且不知为何，那张脸看起来总是灰突突的，一点儿生气也没有。记得有一次我读《西厢记》，看到那句"土气息，泥滋味"时，脑海里突然就浮现出母亲的脸——那瘦削的侧影。

　　这样的我从未从我母亲那里得到过照顾。记得有那么一回，我跟着养母特地上二楼给她请安，却冷不防被她用长烟袋敲了脑袋。不过到底我母亲还是个和气的疯子。要是我和姐姐逼她，她也会在四开的日本纸上画画给我们。画上不单用墨，还把姐姐的水彩颜料涂抹在那些游玩女子的衣裳上，或是草木的花上。只是那些画中的人物都有着狐狸似的面孔。

　　母亲是在我十一岁那年秋天死的。据说是死于体弱而不是疾病。有关她死去前后的一些事，我的记忆竟还清晰保存着。

　　大概是因为收到病危的电报，在一个没有风的深夜，我和养母坐人力车，从本所赶到了芝。我到现在都没用过围巾，不过，只有那天夜里，我围上了一条画着南画山水一类的薄丝巾。并且我还记得丝巾上阿亚美牌香水的味道。

母亲躺在二楼正下方的大房间里。我与年长四岁的姐姐守在母亲枕边，两人放声大哭不止。尤其每当有人在我身后说"临终、临终……"的时候，我内心更是悲伤不已。然而早已闭眼与死人无异的母亲却突然睁眼说了些什么。于是沉浸在悲痛之中的我们也忍不住偷偷笑出声来。

第二天晚上我又在妈妈枕边几乎坐到天亮。可是不知为什么，再也没像昨晚那样流眼泪。在哭声不止的姐姐面前我觉得不好意思，就拼命地装哭。同时我也相信，既然我没哭，母亲就必定不会死。

到了第三天晚上，我母亲几乎没有痛苦地死去了。她死前看上去好像是回光返照，看着我们不住地扑簌簌流泪，但依旧和平时一样什么也没说。母亲入殓以后，我常常情不自禁地掉起眼泪来。这时，一个被人称为"王子的婶婆"的远房老太太就会说："真令人感动啊！"然而我却觉得，她倒真是会为一些奇奇怪怪的事情动感情。

出殡那天，姐姐捧着母亲的牌位，我抱着香炉跟在后面，两人一同上了人力车。我在车上时不时地打着盹儿，几次蓦地睁眼时差点失手把香炉给摔了。可是谷中总也不到。长长的送葬队伍在秋日晴朗的天空下，缓缓地在东京的街道上行进着。

母亲的忌日是十一月二十八日。戒名是归命院妙乘日进大姐。可是父亲的忌日和戒名，我却总也记不住。那或许是因为对于十一岁的我来说，把记住忌日和戒名当作一种骄傲的缘故吧。

二

我有一个姐姐。但她虽然体弱多病，却已是两个孩子的母亲了。我想要写进《点鬼簿》里的当然不是这个姐姐，而是另一个刚巧在我要出生时突然夭折的姐姐。

这姐姐叫初子，大概因为她身为长女的缘故吧，我家的佛坛里至今仍有一张"阿初"的照片嵌在小小的镜框里。阿初没有一点弱不禁风的样子，她那带着小酒窝的两颊也跟熟透的杏子一般圆乎乎的。

阿初自然是最受父母亲宠爱的孩子。为了让她接受良好的教育，父母亲还专门把她从芝的新钱座送到筑地的圣玛兹幼儿园。但是，周六、周日两天是肯定要回母亲的家——本所的芥川家住的。阿初每次外出，几乎都要穿即使在明治二十年代也依然很时髦的洋装。记得我上小学时，还用阿初做和服剩下的碎布给塑胶娃娃做过衣服。那些碎布，就跟商量好了似的，全都是些印满小碎花和乐器图案的舶来品布料。

初春，一个周日的午后，阿初边在院子里走着边对客厅里的大姨说道（我想象中此时的姐姐自然也穿着洋服）：

"姨母，这树叫什么？"

"哪棵呀？"

"这棵有花骨朵的。"

母亲娘家的庭院里种了一棵矮矮的木瓜树，枝条直垂到下面的一口老井里去。我想，编着长辫子的阿初一定是睁大了眼睛瞧着那棵枝条嶙峋的木瓜树的。

"这树和你的名字一样啊。"

遗憾的是，阿初根本没听出来这是姨母故意说的俏皮话。

"哦，原来叫笨蛋树啊。"

就是到了今天，姨母只要提起阿初，肯定要重复这段对话。实际上，阿初的事除此之外没再留下什么。后来没过几天阿初就躺在棺材里了。我已经不记得阿初刻在小牌位上的戒名，但是很奇怪，却清楚地记得她的忌日是四月五日。

为什么我对这个姐姐——这个根本没见过面的姐姐有亲近感呢？如果阿初现在还活着的话，也该有四十多了吧？年过四十的阿初，说不定与在芝的娘家二楼茫然抽着烟的母亲有着相似的面容。我时常梦幻般地感觉到，一个不知道是母亲或是姐姐的四十岁左右的女人，好像一直在某个地方守望着我的一生。这是因为深受咖啡和香烟所累，以致我的神经出现幻觉的缘故？还是在某种机缘下，有可能在现实世界中显形的超自然作用呢？

三

因为母亲的疯病，我一出生便被送到了养父母家（养父是母亲的哥哥，即我的舅舅），因此我对自己的亲生父亲并没有太多感情。父亲开一间乳品店，好像经营得还不错。父亲经常会给我买一些时兴的水果和饮料。除了香蕉、冰激凌、菠萝、朗姆酒之外，或许还有其他的玩意儿。记忆里最深刻的，就是当时在新宿牧场外的橡树荫下喝朗姆酒。朗姆酒是一种酒精含量很低，呈橙黄色的饮料。

我父亲向年幼的我推荐这些稀罕东西，试图把我从养父母家里要回来。记得一天晚上在大森的店里，我父亲一边劝我吃冰激凌，一边不加掩饰地好说歹说让我跑回自己家里来。我父亲在说这些话时，真是巧舌如簧。但偏偏这些劝说没有一次奏效。因为我很爱自己的养父母——尤其是养母。

父亲是个急脾气的人，经常跟人吵起来。我上初三那年，有一次和父亲一起玩相扑，我用拿手的右外摔潇洒地将父亲摔倒在地。父亲一爬起来，就叫着"再来一次"向我扑来。我再次轻松地将他摔倒。父亲第三次说"再来一次"时，脸色都变了，一如既往地向我扑过来。一直在旁边观战的我的小姨——即我母亲的妹妹，当时她已经是父亲的第二任妻子，看我们斗得如火如荼，就朝我使了两三回眼色。所以，我和父亲扭打了一阵子后，故意仰面朝天倒了下去。看当时那情形，如果我不败给他的话，父亲是一定不会放过我的。

二十八岁那年，——我还在当教师的时候，收到了"爸爸住院"的电报，于是慌慌张张地赶往东京。我父亲因患流行性感冒住进了东京医院。大约有三天，我和养母还有小姨一起睡在病房的角落里。不知什么时候起感到无聊起来。正巧这时，一位交情颇深的冰岛记者打来电话，问我是否愿意在筑地见面吃个饭。我便以那位记者不久要赴美为由，撇下垂死的父亲，出门赴筑地的约会去了。

或许因为有四五个艺伎陪侍在一旁，我们这顿日式料理吃得很愉快。用完餐已经是晚上十点钟，我向那位记者告辞，独自一人走下狭窄的楼梯。就在这时，突然听到身后有人喊了一声："芥川先生！"我在楼梯中间停下脚步，回头往楼上望去。适才一起吃饭的艺伎正站在楼梯口，低着头目不转睛地看着我。我默默地看了她一眼，并没有回话，转身下了楼梯，上了一辆玄关外的出租车。出租车立即出发了。然而，我满脑子都是刚才那位梳着西式发辫、面容水润柔嫩的女孩子的脸——尤其是那双眼睛，而不是在担忧父亲。

回到医院的时候，父亲等我已经等急了。他还让人全退到屏风后，握住我的手抚摸着，讲起我不知道的往事——当年和我母亲结婚的事。什么和我母亲一起去买衣柜啦，去吃寿司啦，不过是些琐碎的事。可是我在听这些事的时候不禁眼眶湿润了，父亲瘦削的脸上也流下了眼泪。

我父亲在第二天早晨没有太多痛苦地死去了。死前似乎脑筋混乱了，嘴里说着："那艘挂着旗的军舰来了，大家一起喊万岁。"我已记不得父亲的丧事是什么样的了，只记得父亲的遗体从医院往家里搬的时候，一轮春天的大月亮照在父亲的灵柩上。

四

今年三月中旬，还揣着怀炉的我和妻子去了许久没去的墓地。隔了很久了——但不光是小小的坟墓，就是那株把枝条伸到墓上的红松也没有什么变化。

写进《点鬼簿》里的三个人都埋骨于这谷中墓地的一隅——而且是同一座石塔之下。我想起了我母亲的棺材被静静放入墓穴时的情形。阿初下葬时也是一样的吧。只有我父亲——我记得我父亲细碎的骨灰里散落着金牙。

我一点儿也不喜欢扫墓。如果可以遗忘，我倒愿意忘掉我的父母和姐姐。然而，或是我那天的身体格外虚弱，我眺望着早春午后的阳光下发黑的石塔，不禁思忖道：他们三人之中，到底谁比较幸福呢？

春日游丝，坟冢之间独徘徊。

我从未像此刻这般，感受到丈草 ① 的心境直逼而至。

_____

① 丈草：内藤丈草，江户时代俳人。

齿轮

一　雨衣

为了赴一熟人的婚礼，我拎着皮包从避暑地乘汽车赶往东海道的一个车站。汽车前行的道路两侧清一色茂密的松树。说实话，能不能赶上上行列车还真不一定。除了我之外，汽车里同行的客人还有一位理发店的老板。他的脸看起来像枣子一样圆鼓鼓的，下巴处有很明显的络腮胡须。我一心惦记着时间，但嘴上仍不时地与他交谈。

"现在的事真怪，听说××先生的府上白天也在闹鬼。"

"白天也闹？"

我眺望着远处冬日夕阳照射下的松树林，漫不经心地回应着。

"说是天气晴朗的时候还好，一到下雨天就不行了。"

"照这么说，下雨天不会被淋湿吗？"

"哈，您真会说笑……不过，听说是个穿雨衣的幽灵呢！"

汽车响着喇叭直接停在车站口。我和理发店老板道了别，走进车站。但是上行列车在两三分钟前刚开走。候车室的长椅子上，坐着一个穿雨衣的男人，正心不在焉地往外边看。我想起刚听说闹鬼的事，微微苦笑一下。只好等下一趟火车，于是我进了车站前的咖啡馆。

这家咖啡馆能不能叫作咖啡馆倒值得考虑。我坐在角落的桌子边，要了一杯可可。桌上铺的桌布是白底细蓝线的粗格子布，但是角上露出有点儿脏的麻布。我喝着有股焦臭味儿的可可，观察着没有客人的咖啡馆。在满是灰尘的墙上贴着几张什么鸡肉鸡蛋盖浇饭、炸猪排之类的纸条。

"本地鸡蛋、煎蛋卷……"

从这些纸条上面，我明显可以感觉到接近东海道的乡村气息。那是电气机车行驶于麦田和白菜田之间的乡下地方。

搭上下一趟上行列车的时候已近日暮。我一般搭二等车，偶尔因为某种缘故，也会搭三等车。

火车里相当挤，而且在我前后都是去大矶那边远足的小学女生。我点上香烟，看着这群小学生。她们都显得特别快活，而且几乎都在不停地说着话。

"摄影师，'Love Scene（爱情镜头）'，是什么意思啊？"

在我面前的摄影师看来是跟小学女生远足的。这个摄影师在我跟前含含混混地应付着小女生的问题，可是一个十四五岁的小女生还在提各种各样的问题。我忽然发现这个小女生的鼻子有个脓包，不禁觉得有点儿好笑。我旁边一个十二三岁的小学生坐在年轻女老师的腿上，一只手搂着老师的脖子，另一只手摸着她的脸，而且和别人说话的工夫，还要时时对老师说一句：

"老师真好看，老师的眼睛真好看。"

她们给我的感觉不像女学生，而是成年女人。如果不是看到她们啃带皮的苹果、剥牛奶糖的纸……然而，一位较年长的女学生从我身边走过，不小心踩到别人的脚时，我清楚地听见她迅速向对方说了一句"对不起"。如此一来，我反倒觉得她更像地道的女学生。我叼着烟，不由得对自己这种矛盾的看法发出冷笑。

不知何时，车厢里的灯亮起来了。火车终于抵达郊外的一处车站。我下车来到寒风凛冽的月台，又经过一座桥，然后等待省线电车的到来。没想到，竟然在此遇见在某家公司上班的T君。等车的间隙，我们聊起了当下经济不景气的话题。T君似乎比我对这方面的事了解得更多。然而，他粗大的手指上戴着的却是跟经济不景气相差甚远的土耳其宝石戒指。

"你戴的这东西不得了啊。"

"你说这个？这是一个去哈尔滨做买卖的朋友硬卖给我的戒指。那家伙现在正要命呢，因为跟合作社的买卖做不下来。"

幸好我们坐的省线电车不像火车那么挤，我们并排坐着，天南地北地聊着。T君原在巴黎供职，今年春天才回到东京。所以我们也总是会聊到巴黎的话题，什么凯劳夫人，什么吃螃蟹，什么在外国访问的某殿下……

"法国没想象的那么难生活。只不过这些法国佬本来就不愿纳税，所以内阁老是倒台……"

"可是法郎不是暴跌了吗？"

"那是报纸上报的。可是你到那边去看看，报纸上的日本不是大地震就是大洪水。"

这时候一个穿着雨衣的男人走过来坐在我们的对面。我觉得有点儿瘆人，心里直想告诉T君刚才听说闹鬼的事。但是，T君一下子把他的手杖把儿转向了左边，脸朝前，小声对我说：

"你看那边儿有个女的吧？披灰披肩的……"

"那个梳西洋发型的？"

"嗯，那个抱着包袱的女的。那家伙这个夏天在轻井泽来着，穿着有点儿时髦的西式衣服……"

然而，她现在的样子无论在谁看来都很寒酸。我一边跟T君聊天，一边偷偷观察那女人。不知怎的，那女人的眉宇间总让人觉得像个疯子。而且，在她抱着的行李里，依稀可见像豹子一样的海绵。

"在轻井泽时，我看到她跟一个年轻的美国男人一起跳舞，叫什么摩登……怎么说呢？"

我和T君分手的时候，穿雨衣的男人不知什么时候已经不在那儿了。我从省线电车的一个车站拎着皮包朝一家饭店走去。街道的两侧耸立着高大的楼房，我走在这条路上，忽然想起了松树林。另外在我的视野里还发现了奇怪的东西。奇怪的东西？——那是一个不断旋转的半透明齿轮。我过去也有过好几次这样的经历。齿轮的数目不断地增加，占了我一半的视野。不过，这段时间并不长，过了一会儿那些齿轮就消失了，但随之而来的是我开始感到头痛——每次总是这样。眼科医生经常命令我，为消除错觉节制吸烟。可是，我二十岁之前没喜欢上烟的时候就已看见过这样的齿轮。我想，齿轮又来了，为了测试左眼的视力，我就用一只手挡上右眼试试看。果然左眼什么事都没有，可是右眼的眼睑里还是有几个齿轮在旋转。我觉得右边的大楼渐渐地看不见了，同时还是匆匆地往前走。

走进饭店大门的时候齿轮已经不见了，但是，头痛却是依旧。我存好外套和帽子，顺便订了一间房间。然后我就打电话给一家杂志社商量钱的事。

结婚典礼似乎早就开始了。我在角落的一个桌子旁坐下，然后开动刀叉吃起来。以正面的新郎和新娘为中心，坐在白色凹字形桌子旁边的五十余人，每个人都很开心。然而，在明亮的灯光照射下，我的心情却逐渐忧郁起来。为了摆脱这种心情，我有意地与相邻而坐的客人闲聊起来。那位老人留着狮子般的胡须，还是一位我也略有耳闻的知名汉学家。因此，我们的话题不自觉地就落在古典文学上。

"麒麟其实就是独角兽，而凤凰也就是叫不死鸟的鸟……"

这位著名的汉学家似乎对我的这番话很感兴趣，我在机械地聊着的时候，渐渐地有了病态的破坏欲，把尧舜说成是杜撰的就不提了，我甚至还说《春秋》的作者是再往后很久的汉代的人物。这一来那位汉学家的脸上明显地露出了不高兴的神色。他根本不看我，就像老虎哼哼似的把我的话打断了：

"要是说没有尧舜的话，那么就等于说是孔子撒谎了，可圣人是绝对不会撒谎的。"

我顿时默不作声，然后拿起刀叉准备对付盘子里的肉。就在这时，我看到一条蛆虫静静地在肉的边缘蠕动。蛆虫唤醒了我大脑中的英文单词"Worm"。我想，它应该同麒麟和凤凰一样，也是某种传说中的神奇动物。我放下刀叉，注视着不知何时倒入我杯中的香槟。

婚宴终于结束后，我就朝走廊走去，以便躲进事先订好的房间里。这种走廊不同于饭店的走廊，反而给人一种监狱的感觉。不过，幸好头痛不知何时减轻了。

皮包、外套和帽子都已经送到我的房间。我看见挂在墙上的外套，觉得像我自己站在那儿一样，于是急忙把外套收进房间角落的衣柜里。然后我走近镜子，一动不动地照着镜子。在镜子里，我的脸露出皮肤下骨骼的形状。忽然蛆清晰地出现在我的记忆里。

我开门走到走廊，漫无目的地往前走。这时，我看见在通向前厅的一角有一盏台灯，绿色的灯罩，高高的灯柱，清晰地映照在玻璃门上。这盏灯似乎给了我一种宁静的感觉，我在台灯前的椅子上坐下来，思考起各种事来。但是，我在那儿没能坐上五分钟。这回穿雨衣的人又坐在我旁边的长沙发上，正有气无力地开始脱衣服。

"现在还是隆冬季节呢！"

我这样一想，又从走廊折返回来。走廊角落的接待处一个人也看不到。可是他们的说话声却时不时地飘进我的耳朵。那是被问到的回答，英文说法是"All right（可以）"。"All right？"为了正确掌握这两句对话的意思，我显得有些着急。"All right？"究竟什么是"All right"？

　　我的房间当然静悄悄的，但是我开门要进去的时候，却不知为什么感到有些害怕。我迟疑了一下，然后大着胆子进了房间。我尽量不看镜子，在桌子前的椅子上坐了下来。椅子是接近蜥蜴皮的山羊皮面的安乐椅，我打开皮包拿出稿纸，想接着写一个短篇小说。但是蘸上墨水的钢笔却过了很长时间一动也没动，而且刚要开始写了，连续写出来的却全是一样的字：All right……All right……All right……All right……

　　就在这时，床边的电话突然铃声大作。我吓了一跳，赶紧站起来将听筒拿到耳边应答：

　　"哪位？"

　　"是我，我……"

　　电话那头是外甥女的声音。

　　"怎么了？出什么事了吗？"

　　"是，出大事了！总之……出大事了！所以，我刚刚也打电话给婶婶了。"

　　"大事？"

　　"是！请您马上回来！马上！"

　　电话挂断了。我将听筒放回原来的地方，不由自主地按下了呼叫铃。然而，我清楚地意识到，我的手在发抖。服务生很久都没来，比起焦急来我更感到痛苦。因此，我按了好多次呼叫铃。我终于了解了命运教给我的"All right"的含义。

我姐夫那天在离东京不远的乡下被轧死了，而且还披着不合季节的雨衣。我现在还在那家饭店的房间里写短篇小说，深夜里走廊上没有一个人走动。但是，门外常常能听见翅膀的扇动声，也许什么地方养着鸟。

二 复仇

我在这家饭店的房间里醒来时，已是早上八点。然而，正当我准备下车时，却发现拖鞋不知怎的竟只有一只了。在过去的十二年以来，这是经常让我感到不安或恐惧的现象。不仅如此，这还让我不由得想起古希腊神话中只穿着一只拖鞋的王子。我按铃呼叫服务生，要他帮忙找另一只拖鞋。服务生一脸的不高兴，在狭窄的房间里随便翻找着。

"在这里！在浴室里。"

"怎么会在那儿呢？"

"谁知道呢！或许是老鼠拖进来的！"

我让侍者走后，喝着没加牛奶的咖啡，开始润色刚写的小说。四边镶成岩石框的窗子朝向积雪的庭院，我每次停下笔就呆呆地望着庭院。积雪在长了花蕾的瑞香花下被城市的煤灰弄得很脏，这是给我的心里带来某种伤害的风景。我抽着香烟，心里想还是该动笔了，写妻子的事、孩子的事，特别是姐夫的事……

姐夫在自杀前曾经蒙受纵火的罪名，其实这也是有口莫辩的事。他在房子失火前，以房价的两倍保了火险，而且他还是犯伪证罪被判缓刑的人。但是，让我不安的不光是他的自杀，而是我每次回东京都肯定会看见失火。或在火车上看见山林失火，或在汽车里看见（当时和妻子在一起）常盘桥附近失火。在他家被烧之前，我就已有预感，我家要有火灾。

"说不定我们家今年会失火呢。"

"怎么竟说那些不吉利的话……要是真失火可就惨了，咱们家可没上保险……"

我们曾经聊过这些事，可是我们家倒是没着火——我尽量不去胡思乱想，又想动笔写下去，但是钢笔却不能顺利地写下一行。最后，我离开桌前躺到床上，开始阅读托尔斯泰的《波里库什卡》。小说的主人公性格复杂，虚荣心、病态倾向和名誉心交织在一起。只要将他一生的悲喜剧稍微修正一下，就是我一生的漫画。尤其是在他悲喜剧的一生，我明显感受到命运对他的嘲弄，这让我逐渐觉得恐怖。没读一个小时，我就从床上跳起来，用力将书扔向窗帘垂挂的房间的角落。

"去死吧！"

这时一只大耗子从窗帘下斜着跑过地板钻到浴室里去

了。我大步跨到浴室打开门找，可是，在白色浴室的角落里也没看见什么耗子。我一下子害怕了，慌忙脱下拖鞋换上皮鞋，走到没有人影的走廊。走廊今天还是像监狱一样令人忧郁。我低着头，沿着楼梯走上去又走下来，不知不觉走进了厨房。厨房的光线非常明亮，是一排灶在烧着火。我经过那里时，感觉到几个戴白帽子的厨师冷眼看着我，同时我也感到了我所堕入的地狱。"神啊，惩罚我吧，请勿生怒，恐怕我将灭亡。"——这样的祈祷也在这一瞬间自然而然浮上了我的嘴唇。

一走到这家饭店的外边，我就匆忙走过雪融化后映出蓝天倒影的道路，朝姐姐家走去。路边公园的树木枝叶都已变黑，而且就像我们人类一样，每棵树皆有前脸、后背。这不仅让我不舒服，更带给了我近乎恐怖的感觉，让我想起但丁描写的在地狱里变成树木的灵魂。我往高楼林立的电车路对面走去，可是在那儿也没顺顺当当地走上一百米远。

"我刚好经过，对不起……"

那是一位身穿金色纽扣制服，二十二三岁的年轻人。我默默地注视着他，发现他的鼻子左侧有颗黑痣。只见他摘下帽子，充满怯意地对我说：

"对不起，请问您是 A 先生吗？"

"是。"

"我觉得是您，所以……"

"有什么事吗？"

"不！我只想见见您。我是先生的书迷……"

这时我已经摘了一下帽子，离开他走了。先生、A 先生——这是最近最让我不高兴的话。我相信我犯了所有的罪恶，而且他们在寻找着机会连续管我叫先生。我不能不感到这里有某种嘲弄我的意思。是什么呢？——可是我的物质主义不能不拒绝神秘主义。两三个月前我曾在一家小同人杂志上发表过这样的话："以艺术上的良心为首，我没有什么良心，有的只是神经……"

姐姐带着三个孩子住在搭在空地上的临时房屋里避难，贴着褐色纸的屋子里比外边还冷。我在烤火盆上烤着手，聊着各种事情。身体强壮的姐夫本能地看不起比他细瘦一半的我，而且还公开说我的作品不道德。我总是很冷淡地对待他，从来没促膝谈过心。可是我在和姐姐说话的时候渐渐地悟出了道理：他也和我一样堕入地狱了。他就是我在火车卧铺车厢里见到的那个幽灵。我给香烟点上火，尽量只继续谈钱的事。

"反正都这个时候了，我想把东西全卖了。"

"说的也是。打字机还能换几个钱……"

"嗯，还有一些画。"

"N（姐夫）的肖像画也要卖掉吗？可是那是……"

我一看见挂在临时房子墙上没有框的那张蜡笔画，就感到不能再说迂腐的笑话了。由于他是被火车轧死的，脸全成肉块了，只剩下了点儿胡子。这话说起来本身都有点儿吓人。

不过，他的肖像画无论什么地方都画得很完整，就是胡子不知为什么模模糊糊的。我原以为是光线的关系，试图从各种角度看这幅蜡笔画。

"你在干什么呢？"

"没什么，只是那幅肖像画的嘴边……"

姐姐稍稍回过头，似乎没觉得有什么不正常，回应道：

"只有胡子很少，对吧？"

我确定自己不是错觉。可如果不是错觉……还没到午饭时间，我决定离开姐姐家。

"哎呀，这不好吧？"

"等明天再说吧！我今天要去青山……"

"啊？你要去那里？身体不舒服吗？"

"嗯，还是老吃药。光是安眠药就不得了了，什么弗洛纳、诺罗纳、特里奥纳、诺马尔……"

过了三十来分钟后，我走进一座大楼，坐电梯上了三楼。我想推餐厅的玻璃门进去，可是玻璃门推不动。这还不算，门上还挂着一块写着"休息日"的黑漆木头牌儿。我更不高兴了，只好隔着玻璃门看了看里边桌子上堆着的苹果和香蕉，就又回到街上。

这时两个公司职员模样的男人兴高采烈地聊着什么，要进这座楼的时候和我擦着肩过去了。我听见其中一个人好像说了一声"真让人着急啊"。

我站在大街上等出租车，可是出租车却老也不来，即使来一辆也一定是黄颜色的出租车。（不知道为什么，黄色的出租车总让我惹上交通麻烦。）又等了一会儿，等到一辆我觉得能带来好运的绿色出租车，我决定无论如何先到离青山墓地很近的精神病院去。

"焦 躁——tantalizing（焦 躁）——Tantalus[①]——Inferno（地狱）——"

坦塔罗斯其实就是隔着玻璃门看里边桌上堆着苹果和香蕉的我自己。我诅咒了两次浮现在我眼前的但丁地狱，眼睛直盯着出租车司机的后背。这时我又感到世界上的一切都是谎言。政治、实业、艺术、科学——对于我来说，这些都不过是掩盖令人恐惧的人生的杂色汽车亮漆。我渐渐感到呼吸困难，于是摇下了车窗，可是心脏被揪紧似的感觉仍然没有消失。

绿色出租车终于经过神宫前。那里原本有一条转往精神病院的小巷，不知为何今天怎么也找不到那条小巷了。我让出租车沿着电车的线路来回走了好几趟之后，终究还是放弃，下了车。

我走在坑洼不平的路上，终于找到那条小巷。可是，我把路弄错了，跑到青山斋场前面来了。那是大约十年前夏木先生的告别式以来，我甚至连门前都未经过的建筑物。十年

---

① Tantalus：坦塔罗斯，希腊神话中的人物，因泄露天机而受处罚，处于永恒的痛苦之中。

前的我虽然过得并不幸福，但至少生活得还算安稳。我向铺满砂石的庭院里望去，想起"漱石山房"的芭蕉，不由得感到我这一生也算告一段落了。不仅如此，我对是什么东西引领我今天再次来到墓地前也有所顿悟了。

从那家精神病院出来后，我又坐上汽车，准备回原来那家宾馆。可是在那家宾馆前一下车，却看见一个穿雨衣的人在和茶房吵架。和茶房？不，其实那不是个茶房，是个穿绿衣的司机。这让我对进这家宾馆有种不大吉利的感觉，于是我转身按原路踅回去了。

这么来回折腾，等我走到银座大街已近黄昏时分了。我看着路两边的店铺和熙熙攘攘的人流，感到心里很憋闷。特别是看见街上的人们都好像不知道什么是罪过似的迈着轻快的脚步，这更让我不高兴。我在暗淡的天色和电灯的光线中一直朝北走，走着走着一家堆满杂志的书店吸引了我的视线。我走进书店，漫无目的地抬头看着不知有几层的书架，然后找到一本《希腊神话》翻看着。这本《希腊神话》的封面是明亮的黄色，似乎是专门为小孩子写的。然而，看着看着，蓦然间我被一行字给震撼到了。

"即便是最伟大的宙斯神也抵不过复仇之神……"

我走出这家书店，重新回到人群。不知何时我那已开始微微弯曲的背部，莫名其妙地感受到复仇之神正一路跟着我，伺机而动……

三　夜

　　我在丸善书店的二楼书架上发现了一本斯特林堡的传记，并翻看了两三页，书里写的和我的经验并没有大的出入，并且书的封面是黄色的。我把这本传记放回书架，接着随手取下一本厚厚的书。可是这本书里的一幅插图也画满了和我们人一样长着鼻子眼睛的齿轮。（这是一个德国人搜集的精神病人的画集。）我觉得心里不知不觉在忧郁中有了反抗的情绪，就像输得红了眼的赌徒一样翻开一本本的书。但是，不知为什么每一本书的文字和插图里都多少隐藏着一些针。每一本书？……就连我拿起已经看过好几遍的《包法利夫人》的时候，都觉得自己也成了中产阶级的姆茨修·包法利了……

　　黄昏里的丸善书店二楼上，除了我没有第二个顾客。我在电灯光里穿行在书架之间，最后在挂有"宗教"标牌的书架前停住脚步，挑了一本绿色封面的书翻看着。书的目录里有一章的题目是"四个可怕的敌人——猜疑、恐怖、傲慢、性欲"。我一看见这些词汇，立刻就觉得心里冒出了对立的情绪。那些被看作敌人的东西，至少在我这里是敏感和理智的另一种称呼。可是，传统的精神仍旧像近代精神一样让我不幸，这让我更感到难以忍受。我手里拿着这本书，不由得想起我曾经用过的一个笔名"寿陵余子"。这个笔名起源于《韩非子》，里面有一个名叫寿陵余子的年轻人不仅没学会邯郸人走路的步伐，反而连寿陵人走路的步伐也忘了，最后只好匍匐归乡的故事。今时今日的我，不管在谁眼中，无疑都是"寿陵余子"。然而，尚未坠入地狱的我，却曾经把此当作笔名——我努力距离书架远一点，以摆脱自己难以自持的胡思乱想，于是走进对面的海报展览室。那里有一张看起来像圣乔治的骑士正在刺杀一条长着翅膀的龙的海报。可是，骑士的头盔下露出的，却是近似我的敌人眉头紧锁的半张脸。这让我再次想起《韩非子》中屠龙之技的故事。于是，还没有看完展览，我就转身从宽阔的阶梯上下来了。

我走在已是夜晚的日本桥大街上，心里还在不断思考着"屠龙"这个词。这个词与我砚台上的铭文一模一样。那块砚台是一位年轻的企业家朋友送给我的。他经营过各种各样的事业，但全都以失败告终，终于在去年年底破产了。我抬头仰望高空，思考在无数星光中地球多么渺小，而我自己又多么渺小。然而，白天还是晴空万里的天空不知何时已变得漆黑一片。我忽然觉得，似乎有什么东西在故意针对我，所以赶紧到电车线路对面的那家咖啡馆里去"避难"。

的确是"避难"。咖啡馆里玫瑰色的墙壁让我有近似平和的感觉，我终于舒舒服服地在最靠里的桌子前坐了下来。非常幸运，咖啡馆里除了我之外只有两三个客人。我要了一杯可可，小口啜着，和平时一样抽起了烟，微蓝色的烟雾升上了玫瑰色的墙壁。这种温柔协调的色调也让我心情舒畅。可是过了一会儿，我注意到挂在我左边墙上的拿破仑画像，于是心里又不安起来。拿破仑还是学生的时候，曾在地理教科书的背面写上了"圣赫勒拿，小小的海岛"。这也许像我们所说的是一种偶然，但是这却让拿破仑本人都感到了恐怖……

我看着拿破仑，想起自己的作品。首先浮上记忆的是《侏儒的话》里的语录。（尤其是"人生比地狱还地狱"的这句话。）其次是《地狱变》的主角——名为良秀的画师的命运。再次……我抽着烟，为了逃离这种记忆，我开始环顾整个咖啡馆。我在这里"避难"，不过才五分钟而已。可就是这短短的时间里，咖啡馆已完全改变。尤其那仿桃花心木的桌椅与玫瑰色的墙壁实在是一点儿也不协调，让我尤为不舒服。我惧怕再次陷入只有自己能看到的痛苦之中，赶快扔下一枚银币，匆匆离开这家咖啡馆。

"喂！要两毛钱……"

原来，我丢下的是铜币。

我感到很屈辱，一个人在大街上走着，不由得想起了在远处树林里的我家。我说的不是在郊区的养父母家，而是以我为中心给家小租的房子。算起来我从十年前就住在那里。但为了一件事，我轻率地决定和父母住在一起，同时变成了奴隶、暴君、无力的利己主义者……

回到原来那家旅馆时已经十点了。走了长路后，我连回到自己房间的力气都没有了，一下子坐在烧着粗木头的火炉前的椅子上，接着就思考起我计划要写的长篇来。主人公是从推古①到明治时代的老百姓，这个长篇大体由三十篇短篇构成，以时代为顺序。我看着炉子里的火星朝上蹿，忽然想起了宫城前的一座铜像。那座铜像身穿甲胄，心怀忠义之心跨在马上。可是他的敌人……

"撒谎！"

我的眼睛又从遥远的过去回落到了眼前的现时。这时幸亏一个比我年长的雕刻家来了。他仍然穿着天鹅绒的外套，留着短短的山羊胡子。我从椅子上站起来，握着他伸出来的手。（这不是我的习惯，而是尊重在巴黎和柏林生活了半辈子的他的习惯。）可是，他的手像爬虫类的皮肤一样湿漉漉的，让人觉得不可思议。

"您住在这里吗？"

"是……"

"为了工作？"

"是，都是为了工作。"

他目不转睛地盯着我的脸。我从他眼中感到近似侦探的表情。

"怎么样？要不要来我的房间聊天？"

我挑战似的说道。（缺少勇气反而马上采取挑战的态度是我的恶习之一。）听完我的话，他微微一笑，反问道："您的

---

① 推古：日本古代女天皇，554年至628年在位。

房间在哪里？"

我们像好朋友一样肩并肩穿过一些正在悄声说话的外国人，回到我的房间。他一进我的房间就背对镜子坐下，天南海北地和我聊了起来。天南海北？其实聊的大多都是关于女人的事。

我准是犯了罪堕入地狱的人。正因为如此，有关犯罪的事更让我心情忧郁。我有时成了清教徒，去嘲笑那些女人：

"你看 S 小姐的嘴唇，准是和许多男人亲嘴才变成那样的……"

我突然噤口，注视着他镜中的背影。他耳朵后面那里恰好贴着一块黄色膏药。

"你也是和许多女人亲嘴才变成这样的？"

"你和那些人的想法也没什么不同嘛。"

他微笑着点了点头。我感觉到他心里已经知道我的秘密，正在不停地注视着我。不过我们的话题还是离不开女人。比起恨他来，我倒是对自己的软弱感到羞愧，于是心情更加郁闷了。

好容易等他走了，我倒在床上开始看《暗夜行路》，小说主人公的种种精神抗争让我感同身受。我觉得比起小说的主人公来，我简直就是个傻子，不知不觉竟流下眼泪。与此同时眼泪也让我的心情平和下来。但是没过多长时间，我的右眼又出现了半透明的齿轮。这回齿轮仍然是越转越多。我生怕头痛，于是把书放在枕边，咽下零点八克安眠药，准备不管怎么样先好好睡一觉。

然而，睡梦中的我却在看一个游泳池。那里有几个孩子不时游上、潜下，男孩女孩都有。我离开泳池朝对面的松树林走去。这时，我听到有人在背后叫我："孩子爸爸！"我稍微回了回头，看到站在泳池边的妻子。此时此刻，我感到万分后悔。

"孩子爸爸，毛巾呢？"

"毛巾不让带进来，你照顾好孩子。"

我又继续往前走，可是不知怎么回事，我走到车站月台上。看起来那是一个乡下车站，月台边种着长长的灌木篱笆。月台上还站着一个叫 H 的大学生和一个上了年纪的女人。他们一看见我就凑到我跟前，抢着和我说话。

"好大的火灾呢！"

"我也是好不容易才逃过来的。"

那个女的我好像在哪儿见过，而且和她说话我还感到有一种兴奋的感觉。正在这时，火车喷着烟静静地停在月台边。我一个人上了车，在两边垂着白布的卧铺车厢里走着。这时我看见在一个卧铺上有一个像木乃伊似的裸体女人躺在那儿。这肯定又是我的复仇之神——一个疯子的女儿……

我刚一醒过来，就不由自主地一骨碌跳下床。我的房间在电灯光里还是那么亮，可是不知从哪儿还传出了拍打翅膀和耗子撕咬的声音。我开门沿着走廊急匆匆走到炉子前，然后就坐在椅子上，注视着摇曳不定的火苗。这时一个穿白工作服的茶房走过来给炉子加劈柴。

"现在几点了？"

"三点半左右。"

可是对面大厅的角落，一位看起来像美国人的女人还在看着什么书。她的衣着即便从远处看，也能看出来是一件绿色的连衣裙。我感到自己要得救了，决定就这样一直待到天亮，如同熬过长年的病痛以后，静待死亡的老人一样……

四　还没完

我在这家宾馆里终于完成手头这篇短篇小说，准备寄给一家杂志。当然那点儿稿费还不够我在这儿住一个星期的房钱。不过，我对能完成这件工作感到挺满意。为了找点儿精神上的强壮剂，我决定去银座的一家书店。

在冬天阳光照射下的沥青路上有几张纸屑，那几张纸屑因光线照射的不同，看上去就像玫瑰花一样。不知怎的，我心里感到一种安慰，就走进那家书店。那家书店也比平时要干净许多，只是看见一个戴眼镜的女孩儿正在和店员说话，这让我感到不舒服。不过我一想起掉在路上像玫瑰花的纸屑，就决定买下《阿·法朗士对话集》和《梅里美书信集》。

我抱着这两本书走进一家咖啡馆，然后坐在最里面的桌子前静待咖啡的到来。对面坐着一男一女，像是母子二人。

那个儿子虽然比我年轻，但长得几乎跟我一模一样。他们就像一对情人一样，脸贴脸说着什么。我看着他们，不由得觉得至少儿子已经意识到自己在性的某一方面给予了母亲安慰。其实，那也是我体会过的亲和力的例证之一。可同时，那又是我将现世变成地狱的某种意志的例证之一。可是我害怕又陷入痛苦——幸好这时咖啡送来了。我开始阅读《梅里美书信集》。他的这本书信集也像他的小说一样闪烁着锐利光芒的警句格言。那些警句格言让我的心变得犹如钢铁般坚硬。（容易受到影响，也是我的弱点之一。）喝完一杯咖啡后，我立马有种"放马过来吧！我什么都不怕"的豪情，然后快速离开了咖啡馆。

我在大街上走着，看着商店各种各样的橱窗。一家相框商店的橱窗里挂着一幅贝多芬的肖像，那是一幅头发倒立的真正天才的画像，可是我却不由得觉得画像里的贝多芬很滑稽……

这时，忽然碰上一个自高中毕业之后多年未见的老朋友。这位大学的应用化学教授手里抱着一个折叠式皮包，一只眼睛红红的还流着血。

"你的眼睛怎么啦？"

"这个呀，只是结膜炎而已。"

我忽然想到这十四五年来，每次感受到亲和力，眼睛就会像他一样得结膜炎。不过我什么也没说。我们聊起朋友们的事，聊着聊着他又把我带进了一家咖啡馆。

"真是好久不见了，大概从朱舜水碑的建碑仪式后就没见过吧？"

他给雪茄点上火，隔着大理石桌子朝我说道。

"就是，那个朱舜……"

不知为什么我总也不能准确地发出朱舜水的发音，这就是日语本身给我带来的些许不安。可是他对这个并不在意，还是天南地北地聊着，说着小说家K、他买的英国狗、毒瓦斯……

"您最近一阵子都没再写了吗？你写的《点鬼簿》我看了……那是您的自传吗？"

"嗯！是我的自传。"

"看起来有点病态呀！最近身体还好吗？"

"还是老样子，一直在吃药。"

"我近来也患了失眠症。"

"我也？——您怎么能说'我也'呢？"

"您不是患了失眠症吗？失眠症可是相当危险啊……"

他只有左边充血的眼眶里露出类似微笑的表情。回答之前，我就感觉到自己没办法正确发出失眠症的"症"字的音。

"这对疯子的儿子来说，没什么奇怪的。"

不到十分钟，我又一个人走在大街上了。散落在柏油路上的纸屑，一个个看起来就像我们的脸。

这时，从对面走过来一个短发女人。远远看去，那女人长得很漂亮，可是待她走到跟前才发现，她不但长着一张丑陋的脸，而且上面还有很多小皱纹，不仅如此，好像还怀孕了。我不由得转过脸，拐进周边宽阔的小巷。可是不一会儿，我的痔疮就疼了起来。那是一种除了坐浴以外别无他法的疼痛。

"坐浴——贝多芬也曾经坐浴来着……"

坐浴时使用的硫黄味儿直冲我的鼻子，当然现在街上哪儿也没看见硫黄。我又想起路上像玫瑰花的纸屑，强忍着疼痛继续走着。

过了差不多一个钟头以后，我把自己关在房间里，坐在窗边的桌子前，开始动手写新的小说。笔在稿纸上不停地移动，这让我都感到吃惊。但是过了两三个小时后，却被某种无形的力量抑制住而写不下去了。我不得不离开桌子，在房间里到处转圈。我的妄想症状在这个时候是最明显的。我在野蛮的兴奋中觉得我没有父母，也没有妻小，只有从笔下流淌出来的生命。

可是过了四五分钟之后，我想到一定要打个电话。电话里的几次回答都只是重复几句听不明白的话，反正我听起来就像是说"莫尔"。我终于离开电话，又在屋子里来回走起来，心里无论如何还是惦记着那个"莫尔"。

"莫尔——mole……"

"Mole"在英文里是鼹鼠的意思。这个联想令我很不愉快。可也就是两三秒钟吧，我把"Mole"拼成了"la mort"。"la mort"在法语里是死亡的意思，这突然又让我不安起来。

就像死亡曾经逼近姐夫一样，我觉得现在它也在逼近我。然而，在这种不安中，我又觉得有点可笑。而且，我当真不自觉地笑了。这种莫名觉得可笑的缘由是什么呢？——我自己也不知道。我站立在久违的镜子前，与我的影子端正地叠在一起。我的影子也在微笑。我看着自己的影子，想起第二个我。第二个我——德国人所谓的"Doppelgänger（分身）"，我居然完全没有在我身上看到。然而，当了美国电影演员的K君的夫人，在帝国剧场的走廊看到过第二个我。（我记得当时还被K君的夫人突然嗔怪说："你这个前辈也不和我们打个招呼。"我记得当时真是有些困惑。）另外就是如今已成故人的某独脚翻译家在银座的一家香烟店里看见过第二个我。死可能已经来到了第二个我的身上，或者就算是到了我身上——我背对着镜子，又回到窗前的桌旁。

从四周是石灰岩框的窗子可以看到枯草和水池。看着这个院子，我想起在远处松林里烧掉的几个笔记本和没写完的剧本。接着我拿起笔，又开始写新小说。

五　赤光

日光开始让我感到痛苦。我像鼹鼠一样放下窗前的窗帘，白天也开着灯，勤快地写着已经动笔的小说。工作疲乏的时候，我会翻看泰纳的《英国文学史》，了解一下诗人们的生涯。他们每一个都很不幸，就连伊丽莎白时期的巨匠——一代学者本·琼森也没有幸免，据说他也曾陷入在自己的大脚趾上观看罗马与迦太基（Carthago）两军开战般的神经性疲劳。我对他们这等不幸，心里没来由地感到充满残酷恶意的喜悦。

在刮着猛烈东风的一个晚上（这对我是个好兆头），我走出地下室来到大街上，去看望一个老人。他在一家圣经公司里当差，同时认真地祈祷和读书。我们在火盆上烤着手，在挂着十字架的墙边聊着天。我母亲为什么疯了？我父亲的事业为什么失败了？我为什么受到了惩罚？——知道这些秘密的他，脸上露出奇怪而稳重的微笑，总是陪着我，还时时用简短的话描绘出人生的漫画。我在这间屋子里没法不尊敬这位隐士。可是在和他的谈话中，我发现他也被亲和力所左右着。

"那家盆景店的姑娘不仅长得好看，脾气也好——待我也很热情。"

"她多大？"

"十八。"

这也许是一种父亲般的爱，可是我从他眼神里感到了热情。不知不觉中，我从他递给我的发黄的苹果皮上看出独角兽的模样。（我还常常从木头花纹和咖啡杯的龟裂上发现神话中的动物。）独角兽就是麒麟。我想起了一个对我抱有敌意的批评家说，我是"九百一十年代的麒麟儿"的话，觉得挂着十字架的房檐底下也不是安全地带。

"最近怎么样？"

"还是神经紧张。"

"你那个病吃药是没用的。有没有想过成为信徒？"

"如果我也能的话……"

"并不是什么难事儿！只要你相信神，相信神的儿子基督，相信基督所创造的奇迹就可以……"

"可以相信恶魔吗？"

"那你为什么不相信神呢？如果你相信影子，那应该也相信光才对啊？"

"不是说，也有无光的黑暗吗？"

"你说的'无光的黑暗'是……"

一时之间，除了沉默，我无话可说。他也像我一样在暗黑中行走。但是，我坚持黑暗之上也有光。我们的理论差异只有这一点。可是，至少是我无法跨越的沟壑……

"光一定会有，证据就是会有奇迹发生……像奇迹这样的事，即便是现在也时有发生啊。"

"那也有可能是恶魔创造的奇迹……"

"为什么又说起恶魔之类的呢？"

过去的一两年，我时常有种想把自己所经历的一切全部告诉他的冲动。可是，我又担心他会把那些话告诉我的妻子。我害怕妻子也像母亲那样去了精神病院。

"那是什么？"

这位身躯魁梧的老人回过身看着旧书架，脸上露出一种像牧羊神似的表情。

"是陀思妥耶夫斯基全集。你看《罪与罚》吗？"

十年前我就看过四五本陀思妥耶夫斯基的书了。不过，我被他说的话感动，就借了这本《罪与罚》之后回了饭店。在电灯光的照耀下，众多行人来来往往的大街仍然让我觉得不舒服，特别是碰到熟人更是让我受不了。我尽量挑街灯不亮的地方走，就像小偷一样。

可是过了一会儿，我觉得胃疼，要止住疼只有喝一杯威士忌。我找到一家酒吧，推门想进去。可是一看，狭窄的酒吧里烟雾腾腾，几个艺术家模样的青年正围在一起喝酒。他们中间还有一个梳着遮耳发型的女人一个人起劲儿地弹着曼陀铃。我忽然觉得很犹豫，于是没进屋，转身走了。这时，我才发现我的影子在左右摇晃，而照射我的是有些瘆人的红光。我在街上站住了，可是我的影子却仍然在我的面前不停地晃动。我大着胆子往身后看，终于发现了酒吧房檐下的彩色玻璃吊灯。原来是吊灯在大风里缓缓地摇晃着……

这回我去的是一家开在地下的餐馆。我站在这家餐馆的吧台前，点了一杯威士忌。

"威士忌？这儿只有 Black and White（英国高级威士忌）……"

我往苏打水里倒进威士忌，什么也没说，只是开始一小口一小口地喝着。我身边有两个三十多岁像报社记者的男人正在悄悄聊着什么，他们说的是法语。我背对着他们，全身都感到了他们投过来的视线，就像电波一样辐射到我的身体上。他们其实知道我的名字，好像就在说有关我的事。

"Bien……très mauvais……pourquoi……（真的……非常不好……为什么……）"

"pourquoi？……le diable est mort！……（为什么？……恶魔死了！……）"

"Oui, oui……d'enfer……（哦，是吗？……地狱的……）"

我丢下一块银币（我身上最后一块银币），转身就逃到了地下室外。大街上晚风吹过，胃痛多少缓解，让我的神经坚强了许多。我想起拉斯科尔尼科夫，感到有种想要忏悔一切的欲望。但是，这会使我自己之外——不，在我家之外也肯定会发生悲剧。这还不说，我的这个欲望是真是假也还值得怀疑。要是我的神经和别人同样坚强的话——为了这一点我必须到什么地方去旅行，到马德里、里约热内卢、塔什干去……

不久，一家商店屋檐下吊的白色小型广告牌，突然让我很不安。那是画着翅膀的汽车轮胎商标。乍一看这个商标，它让我想起了借助人工翅膀飞行的古希腊人。他虽然一开始飞上了天空，但那对翅膀却被太阳烧毁，最终坠海而亡。去马德里，去里约热内卢，去塔什干……我不能不嘲笑我的梦。同时，亦不能不思考被复仇之神追赶的俄瑞斯忒斯。

我沿着运河在灯光暗淡的街上走着，忽然想起住在郊区的养父母。养父母一定天天盼着我回去，大概我的孩子们也——可是要是回去的话，我又惧怕某种力量会不由自主地束缚我。在波浪翻腾的运河上横着一艘大船，从船的底部露出了微弱的灯光。大概船里有几个男人女人在一起生活吧。他们大概也在互相爱着或恨着……这时我心里又重新有了战斗的激情，感觉到了威士忌的醉意，便往饭店走去。

我又坐在桌前接着看《梅里美书信集》，在不知不觉当中又给了我生活的力量。但是，当我知道了梅里美在晚年成了新教徒时，顿时想象出他戴着面具的模样。他也是一个像我们一样在黑暗中行走的人而已。在黑暗中？——对于我来说《暗夜行路》开始变成了一本可怕的书。我为了忘掉忧郁，拿起《阿·法朗士对话集》看了起来。可是，这位近代的牧羊神也背负着十字架……

大约一小时后，服务生来到我的房间递给我一摞邮件。其中一件来自莱比锡一家书店，要我写一篇名为《近代的日本女性》的小论文。他们为什么特意找我写这样的小论文呢？不仅如此，这封英文信上还附加了一句手写的话："即使您的文章就像只有黑白色再无其他颜色的日本女人肖像画，我们也会欣然接纳的。"看着这行字，我想起那种名为"Black and White"的威士忌。我瞬间将此信撕个粉碎。然后，我随手又拆开一封信，拿着黄色的信纸看起来。我发现自己并不认识这封信的作者，才看了两三行，就被对方那句"您的《地狱变》……"搞得气不打一处来。拆开的第三封信是我外甥寄来的。我终于可以暂时缓一口气，认真看他写的家务上的问题。然而，看到最后几句，骤然将我击倒。

"给您寄送再版的和歌集《赤光》……"

赤光！我觉得我在冷笑，只好跑到房间外去避难了。走廊里一个人影也没有，我用一只手扶着墙壁，好容易走到楼下大厅。我在椅子上坐下，给香烟点上火。香烟不知为什么是飞船牌的（我在这家饭店住下后，一直抽的是星牌），人工翅膀又一次在我的眼前浮现。我招呼对面的茶房过来，让他给我去买两盒星牌香烟。可是要是茶房的话能信得过的话，偏巧只有星牌香烟卖完了。

"如果您要飞船的话，还有……"

我摇摇头，眼睛巡视着宽阔的大厅。我的对面有四五个外国人围坐在桌子旁聊天，他们中间的一个人——一个穿着红色连衣裙的女人小声地和其余的人说着话，好像还时时朝我这边看看。

"Mrs.Townshead……"

一个看不见的东西在我耳边小声说了一句就走开了。就算这是坐在对面的女人的名字，我当然还是不认识什么唐斯海德夫人。——我从椅子上站起来，唯恐自己发了疯，马上回到自己的房间。

一回到房间，我就准备给精神病院打电话。但是，要是进了精神病院我也就和死差不多了。我思前想后犹豫了很久，为了稳定一下情绪，我翻开了《罪与罚》。可是偶然翻开的一页就是《卡拉马佐夫兄弟》里的一节。我以为拿错了书，就翻回书的封面看——《罪与罚》——的确是《罪与罚》这本书。可我又觉得是不是印刷厂装订错了？可我随手打开的所谓"装错"的那页，完全是手指受命运驱使所为。我不得不看下去。然而，还没读完那一页，我就感觉浑身发抖。我正好看到伊万被恶魔折磨那节。写伊万、斯特林堡、莫泊桑，抑或这间房间里的我……

能拯救现在的我的唯有睡觉，可是安眠药却一包也没有了。睡不成觉只有继续受煎熬。然而，这时我心里产生了绝望的勇气，叫来了咖啡后，拼了命发疯似的写着。两页、五页、七页、十页，眼看着稿纸就堆了起来。我在这部小说里写的全是超自然的动物，而且我还把其中的一只动物描写成了我的自画像。可是这时疲劳渐渐使我头昏起来，我终于离开桌子，仰面朝天躺在床上。接着我好像睡了四五十分钟，又觉得有人在我耳边悄声说话，我一下子睁开眼睛站了起来。

"Le diable est mort（恶魔死了）。"

不知何时，石灰岩框着的窗外已渐渐透出亮光，看起来冰冷冰冷的。我站在门前，环视空无一人的房间。这时，我发现前面的玻璃窗因外面的空气而斑驳朦胧，呈现出一个个小风景，像极了泛黄的松树林前面海岸的风景。我怯怯地走近窗前，发现形成这种风景的其实是庭院的枯树枝和池塘。然而，我的错觉却悄无声息地唤醒了我对家乡的怀念。

等到九点钟的时候，我给一家杂志社打了电话，向他们要了点儿钱。我一边朝皮包里装桌子上的几本书，一边做出决定，回家去。

六　飞机

　　我从东海道的一个车站坐车前往山里避暑。司机不知为何会在这寒冷的天气里披着一件旧雨衣。这种巧合让我很是恐惧，于是尽量不去看他，而是眼睛望着窗外。这时，我看到矮松丛生的对面街道上——还是一条看起来有些年月的街道，一列送葬队伍正在向前行进。队伍里，好像有人专门提着糊上白纸的灯笼和龙形烛台。金银色的人造莲花在灵柩前后不停地摇晃着……

　　好容易才到家后，我靠着妻子和安眠药的力量，相当安稳地过了两三天。在我家的二楼能隐隐约约看到松林对面的大海。我只有上午在二楼的桌子前一边听着鸽子的叫声，一边工作。除了鸽子和乌鸦之外，麻雀也会飞到走廊来，这也让我心情很舒畅。"喜鹊入堂。"——我拿着笔，每每想起这句话。

　　一个暖洋洋的阴天下午，我到一家杂货店去买墨水。可是店里摆的墨水全是暗褐色的，暗褐色的墨水平时就比其他任何一种墨水都让我讨厌。我不得不离开这家店，一个人慢慢腾腾地在行人很少的街上走着。正在这时有一个好像是近视眼的四十岁左右的外国人，耸着肩膀从对面走过来。他是住在这里的一个患迫害妄想症的瑞典人，而且名字就叫斯特林堡。我和他擦肩而过的时候，觉得身上有一种感应。

这儿只有两三条街道。可是就在走过这两三条街道的时候，我就四次碰见了一只只有半边脸是黑色的狗。我往小巷里拐，想起了 Black and White 这种威士忌酒。不但如此，我还想起了斯特林堡那黑白相间的领带。对我来说，绝对不是偶然的，如果不是偶然的话——我感到只有我的脑袋还在向前移动，于是我停下脚步站在街上。路边铁栅栏里一只彩色玻璃碗被扔在那里，碗底周围有凸起的翅膀样的花纹。这时，几只麻雀从松树枝头飞了下来，可是它们好像是商量好了似的，一接近那只碗就又逃到空中。我去了妻子的娘家，在院子里的藤椅上坐了下来。院子一角的铁丝网里有几只白色的来杭鸡在静静地走着，一只黑狗趴在我的脚边。我急于弄清楚谁也不懂的疑问，所以和岳母、妻弟聊着天时，看起来很冷淡。

"一到您这里，就感觉好安静啊。"

"比起东京，这里确实更安静些。"

"这里也有让人烦心的事吗？"

"那是自然，这也是世间啊。"

岳母说着笑了起来。实际上这个避暑地也是"世间"，我非常清楚仅仅在这一年左右的时间里这儿就发生了多少罪恶和悲剧。打算慢慢毒杀患者的医生、放火把养子夫妇房子烧掉的老太太、要抢夺妹妹财产的律师——看到这些人的房子时，我总觉得在人生中看到了地狱，毫无区别。

"这镇上有个疯子吧？"

"你是说 H？他不是疯子，是变傻了呀！"

"叫精神分裂症。我每次看到那家伙都觉得很害怕。也不知道他是怎么想的，竟然冲着马头观世音一直行礼。"

"什么害怕啊，你胆子大点儿不就行了嘛！"

"姐夫倒是比我胆子大多了……"

因为刚起床没有收拾也没有刮胡子，看起来很邋遢的小舅子，跟平常一样客气地加入到我们的闲聊中。

"胆子再大也有软弱的一面……"

"哎呀，那可就麻烦了……"

我看着这么说话的岳母，苦笑了一下。妻弟也微笑着望向远处篱笆外的松树林，出神似的继续跟我们说着话。（这个病后的小舅子，常常让我觉得他的精神脱离了肉体躯壳。）

"我还以为你是超人了呢，结果你作为人的欲望仍然非常强烈……"

"以为是个好人，结果却是个坏人。"

"不不不！与其说善恶，不如说事情都是相对的……"

"那就是大人里的孩子啦！"

"也不是。我也没办法说清楚，不过……也许就像电的两极吧。不管怎么说，肯定是相反的东西并存在一起。"

当时天上传来的飞机的巨大响声让我吃惊不已。我不由得往天上看去，发现一架飞机已经低得快要碰到松树梢。眼前这架机翼被涂成黄色的飞机，是那种并不常见的单翼飞机。鸡、狗被飞机的声响吓到，四散而逃。尤其是狗，一边狂吠，一边缩着尾巴躲到屋檐下。

"那飞机会不会掉下来？"

"不要担心——姐夫，您知道'飞机病'吗？"

我将烟点着，用摇头代替"不"的回答。

"说是那些坐飞机的人只能呼吸高空的空气，逐渐就受不了地面的空气了……"

出了妻子的娘家，我在树枝一动不动的松林里走着，感到自己越加忧郁了。那架飞机为什么不往别处飞而偏偏从我头上飞过呢？又为什么饭店里只卖飞船牌香烟呢？我苦苦思索着这些疑问，专找没有人的路走。

在阴沉的天气里，海在低矮的沙山那边显出一片灰色。在沙山上有一架没了秋千坐板的秋千架子。我看着秋千架，忽然联想起了绞刑台。实际上秋千架上还站着两三只乌鸦，那些乌鸦看见我也没有要飞走的意思。这还不算，站在中间那只乌鸦还把大大的嘴伸向天空连叫了四声。

我沿着草已枯黄的土堤向别墅区的小路走去。这条小路的右侧依旧是高高的松树林，里面应该有一栋二层高的西式木质小洋楼。（我的好友将之称为"春天的家"。）然而，待我走近一看，那里的钢筋混凝土地基上只有一个浴缸孤零零地摆在那儿。失火了——我马上想到这点，然后赶紧离开这儿，并尽量不再往那边看。就在这时，一个骑着自行车的男人径直从那边向我这边走来。他戴着深褐色的礼帽，眼神直愣愣的，看起来很是怪异，整个身子都伏在车把手上。忽然，我从他那张脸上仿佛看到了姐夫的脸。在我们两个人还没有正面迎上的时候，我拐到了旁边的小路上。可就在这条路上，一只腹部向上翻着，已经腐烂了的鼹鼠尸骸正躺在路中央。

　　总有什么在算计我，让我每走一步都感到不安。就在这时，一个个齿轮挡住了我的视线。我越发害怕最后时刻的来临，直直地挺着脖子走着。随着齿轮增多，渐渐地，这些齿轮忽然转了起来，同时又和右边的松树枝静静地交织在一起，看上去就像隔着玻璃一样。我感觉到我的心跳加速，好几次都想在路边站住，可是就像有人推着我走一样怎么也站不住……

　　过了大约半个钟头，我在二楼仰面躺着，紧闭着眼睛，强忍着头痛。这时我的眼睛里出现了一个翅膀，那翅膀上的银色羽毛如鱼鳞般层叠在一起，这景象清楚地映在我的视网膜上。我睁开眼睛看着天花板，在确认了天花板上什么也没有之后，又一次闭上眼睛。可是银色的翅膀又在黑暗中清楚地出现了。我忽然想起我最近坐的汽车引擎盖上也带有翅膀……

　　此时，我感到有人慌忙地爬上楼梯，又跌跌撞撞地跑下去了。我听得出来那是妻子的脚步声，赶紧起身，正好站在楼梯前阴暗的客厅。只见妻子趴在楼梯那儿，正上气不接下气地喘息着，肩膀还不停地抖动着。

"怎么回事？"

"没事，没事……"

妻子终于抬起头，勉强露出一个笑脸说：

"没什么特别的事，只是觉得你刚才好像要死了似的……"

这是我一生里最恐怖的经历。——我已再没有力气往下写了，生活在这样的心境里，只有无法言说的痛苦。有谁能在我熟睡中把我掐死呢？

好色

平中身为好色之人，对宫中侍女自不待言，就是对良家闺女也无不染指。

——《宇治拾遗物语》

平中暗自发誓，不得到她绝不罢休，最后竟病魔缠身，因相思而死。

——《今昔物语》

所谓好色者，当如此作为也。

——《十训抄》

一 画姿

　　在与太平盛世颇为吻合的、优雅而醒目的礼帽下面，一张上窄下宽的脸正朝这边打量。胖乎乎的脸颊上，之所以泛着一层鲜艳的红晕，倒不是因为擦了胭脂，而是他那男人鲜有的光滑肌肤自然渗透出好看的血色罢了。在高挺的鼻梁下面——其实是薄唇的两侧——蓄着犹如淡墨刷过的少许胡须。然而，在那富有光泽的鬓发上，却微微映着连一片云霞也看不见的淡淡青色。鬓发的末梢处，可见一对略微上扬的耳垂。或许是光线柔和的缘故，它们呈现出一种文蛤般的暖色。那双不同于一般人的细长眼睛里，总是含着笑。那种晴朗而灿烂的浅笑，让人不由得觉得，在那瞳孔深处，是否经常浮现着樱花常开的枝梢呢？不过，但凡你稍微留下神就会发现，那里承载的未必只有幸福这一样东西。那是憧憬某种遥远事物时的微笑，也是对周围的一切施以轻蔑的微笑。与脸庞相比，他的脖子未免显得过于纤细。他穿着一件用香熏过的、油菜花颜色的绸子礼服。这礼服的衣襟和白色汗衫的衣襟，在他的脖子上显得泾渭分明。而在他脸庞后面隐约可见的，到底是织有仙鹤图案的屏风呢，还是在娴静的山脚画着赤松的拉窗呢？总之，那儿弥漫着一片如同灰暗的水银般的鱼肚白……

这就是从古物语中浮现在我眼前的"天下第一好色之徒"平贞文的自画像，也是有着"平中"这个绰号、我的唐璜的自画像。

二　樱花

平中倚靠在墙柱上，漫不经心地眺望着樱花。看来，延伸到屋檐下的樱花，业已错过了盛开的佳期。花瓣的红色已经消退，漫长晌午的阳光在纵横交错的枝头上，投落下了错综复杂的荫翳。然而，尽管平中的眼睛盯着樱花，可心思却不在樱花上。从刚才起，他就一直漫无边际地思忖着侍从的事情。

"第一次看到侍从，是在……"平中这样回想着，"是啊，第一次看到侍从是在什么时候呢？对了，对了，那时说好要去参拜稻荷神社，所以应该是二月的第一个午日。当时有个女人正要上车，而我恰好从那里经过——这就是最初的开始。她将扇子举在头顶遮阳，所以我对那张脸也只能算是惊鸿一瞥；红梅和黄绿的和服外面又罩了一件紫色的短外褂，漂亮得无以言表。不仅如此，当时她正要钻进车子里去，所以一只手抓着和服裙子，微微弯着腰——这一幕同样美妙绝伦。尽管本院大臣的府上有不少的侍女，但此等美人却绝无仅有。

若是这样的绝色美女，就算说我平中陷入了情网，又何尝不可……"突然平中的表情变得严肃了起来，"可我真的是陷入情网了吗？如果说是如此，就好像真的如此似的，但如果说并非如此，就又好像并非如此似的……这种事是越想越糊涂的，所以就权当是那样吧。不过，既然事情是发生在我身上，那么，无论怎么为情所困，也绝不至于神魂颠倒吧。记得曾与范实那家伙一道聊起侍从的闲话，他装模作样地说，曾听人说起，侍从的头发太过稀疏，乃是一大遗憾。其实，我第一眼就注意到了。范实之类的家伙，尽管是会吹一点笙篥，可一涉及好色的话题，他就……哎，算了，还是别管那家伙了吧。因为眼下我的全部心思都只在侍从一个人身上……不过，倘若要吹毛求疵的话，可以说，她的脸也未免显得过于凄寂了一点。但如果说仅仅是过于凄寂，那么，脸上的某个地方理应有着如同古画般的优雅吧，可却并非如此，相反，隐藏着某种近于薄情的镇定。无论怎么想，都让人放心不下。就算是女人，一旦脸上带有那种神情，都会显得瞧不起人。再者，她的肤色也不算很白，即便不能说是黝黑，但至少是接近琥珀的颜色。然而，不管什么时候那个女人都能让你产生一种想把她拥入怀中的冲动。这确实是任何女人都效仿不来的'绝技'啊！……"

平中一边双膝跪地，一边出神地仰望着屋檐外面的天空。只见天空在簇拥着的花丛中投落下柔和的淡蓝色彩。

"不久前我让人给她递过好多封信，可是她连一封信都没有回过。骄傲也该有个限度吧？哈，凡是我想要的女人，大部分在递过去第三封信的时候就臣服了。偶尔也有个性要强的女人，但也没有超过五封信的。就说那个叫慧眼的法师的女儿，仅凭一首和歌就让她沦陷了。并且，那还不是我作的和歌呢，而是别人——对了，是义辅作的和歌。据说义辅曾把这首和歌送给一个愣头愣脑的小女官，结果对方根本就不理不睬。即便是同一首和歌，倘若出自我的手，恐怕结果就大相径庭了吧——得了得了，就算是我写的，侍从不是也照样没有回信吗？看来，人是不能过于骄傲了。不过，凡是我发出的情书，女人都必定会给我回信的。一旦有了回信，就可以见上一面了；而一旦见了面，就不免会一阵骚动；而一阵骚动之后——也就立刻厌腻了。这就是整个事情的必然过程。然而，一个月以来，我已经给侍从写了近二十封情书，她却只字未回。单说情书的文体吧，也不可能永无止境地变化呀，没准不久就该文思枯竭了吧。但在今天写给她的情书里，我是这样写的：'至少请你回我二字——已阅。'想必今天总该给我回个音信吧。怎么，还是没有？倘若今天还没有回音的话，那该如何是好呢？——哎，迄今为止，我都不是那种没有出息的家伙，会为这种事丧失骨气。据说丰乐院的老狐狸变成了一个女人，想必她就是那狐狸精的化身吧，所以才会这样的。可是，就算同样都是狐狸，奈良坂的狐狸变成了足足三人环抱那么粗的杉树，嵯峨的狐狸变成了一辆牛车，高阳川的狐狸变成了一个女童，桃园的狐狸变成了一个大水池——总之，狐狸变成什么样都无所谓啊。唉，我都想些什么呢？"

平中抬头仰望着天空，悄悄遏制住欲打的哈欠。从掩映在花丛中的屋檐上，可以看见不时有白色的东西在开始西斜的日光里翻飞而来。什么地方还有鸽子在鸣叫。

"总之，在那个女人面前，我恐怕只有投降认输了。即使不肯答应和我见面，但只要说上一次话，我就可以让她束手就擒，更别说如果厮守一夜的话……不管是那个摄津，还是那个小中将，在不认识我的时候，都一直对男人讨厌有加。可一旦经过我的调教，不是都变得风情万种了吗？就说这个侍从吧，也远非什么用金属打造的佛像，所以，不可能自恃清高，刀枪不入吧。不过，一旦真的到了那一步，她该不会像小中将那样感到害臊吧，也不会像摄津那样故作矜持吧。到时她一定会用衣袖遮住自己的嘴，只露出含笑的双眼……"

"大人……"

"反正都是晚上的事，所以肯定会点那种低矮的烛台或是别的什么。只见灯光照着那女人的满头秀发……"

"大人……"

平中一时有些慌乱，戴着乌纱帽的头转向后边。定睛一看，不知何时侍童已经站在身后，一直低着头，待他看过来时，才掏出一封信递给他。侍童似乎很努力地在抑制住笑。

"是回信吗？"

"是的。是侍从小姐回给您的。"

侍童刚一说完，就匆匆地从主人面前退下了。

"当真是侍从写给我的？"

平中紧张地打开了一张薄薄的淡青色信笺。

"该不会是范实、义辅那两个家伙搞的恶作剧吧？他们最喜欢做这种无聊的闲事了……不，这是侍从写的回信没错。可是——可是，这叫什么信啊？"

平中把信撂在了一边。在捎去的信上写了"至少请你回我二字——已阅"，结果，回信果真只写了"已阅"两个字。而且，这两个字还是从平中的信里剪下来，贴在信笺上的。

"啊！啊！向来以天下第一好色之徒自诩的我，竟然被人如此愚弄，真是折杀我也。这么说的话，侍从这个女人还真是令人憎恶啊！走着瞧，看我以后怎么收拾你……"

平中抱着膝盖，茫然地望着樱花的树梢。茂密繁盛的绿叶之上，被风吹散的几许花瓣正徐徐洒落。

三　雨夜

那以后又过了两个月，在一个下着绵绵细雨的夜晚，平中一个人悄悄溜进了本院侍从的房间。雨点发出凄厉的响声，仿佛夜空就要溶化殆尽，陷落下来一般。道路与其说是泥泞不堪，不如说是就跟爆发了洪水别无两样。在这样的夜晚还特意出门，不用说，再绝情的侍从也会大动恻隐之心吧——

打着这样的算盘，平中悄悄溜到侍从的房间门口，一边摇响镶着银边的扇子，一边清了清喉咙，催促里面的人开门。

于是，马上出现了一个十五六岁的女童。她早熟的脸上略施粉黛，一副困倦的表情。平中凑近她，小声地央求她向侍从通报自己的来访。

一度进去通报的女童，又回到门口，同样小声地回复道：

"请在这边稍等片刻，说是等大家都歇息后就出来见您。"

平中不由得笑了一下。然后，他在女童的引领下，坐在与侍从的房间紧挨着的隔壁拉门旁耐心静候着。

"我可真是一个智慧的人哪。"

女童退下后，平中独自吃吃地笑着。

"如此看来，侍从这一次是要屈服了。总之，女人这种尤物，就是容易被凄惨打动。只要适时地对她们表达出好感，她们很快就会陷进来。就是因为掌握不住这种精髓，所以义辅和范实才会——不！等等！如果今晚就能见到她，似乎太顺利了啊。"

平中渐渐变得不安起来。

"可是，如果不见我，也就不可能答应说要见我吧。莫非是我太多疑了？要知道，前前后后一共给她写了六十封情书，可一封回信也没有收到，所以，变得多疑也是情有可原的吧。不过，倘若不是的话——再转念一想，又觉得并非自己多疑。此前一直不理不睬的侍从，今天无论怎样碍于我的好意，也不至于如此爽快就……话虽这么说，可这次的对象是我呀。

想到自己受到平中如此的厚待，或许就连她那封冻的心灵也在顷刻间融化了吧。"

平中一边整理着衣服的掩襟，一边惴惴不安地打量着四周。然而在他的周围，除了黑暗就再也看不见任何东西了，唯有雨声敲打着扁柏树皮的屋顶。

"如果非说是想太多，那就是吧；如果不是想太多，那就不是吧——不！如果认定是自己想太多，或许反倒不会想那么多了。如果认为不是自己想太多，或许反倒真的会以想太多结束吧。毕竟命运这玩意，就是喜欢捉弄人。这么看来，还是应该把一切都想成并非自己想太多才好。如此一来，侍从马上就会——啊，现在大家不是已经开始就寝了吗？"

平中侧耳倾听着周遭的动静。果然，与淅淅沥沥的雨声一起，传来了一阵嘈杂的人声。看来，聚集在大臣夫人那里的女官们已经分头回到了各自的房间。

"现在必须忍耐。只要再坚持半个小时，我多日来的相思就可得以缓解了。可是，为什么心里总有种隐隐的不安呢？对了，姑且这么想吧。就以为自己是见不到她的吧，这么想的话，说不定反而会神奇般地见到她呢。然而，一向爱捉弄人的命运说不定会看穿我的小伎俩。要不然，就认定自己是能见着她的吧？

可这样想的话又显得我精于算计，那么，反倒不会如我所愿了吧……啊，想得心痛。不如想想与侍从无关的事情吧。比如现在，所有的房间都安静下来了。唯一能听见的只有雨声了。要不，索性闭上眼睛，想想有关下雨方面的事情吧。春雨、梅雨、黄昏的骤雨、秋雨……有'秋雨'这个词吗？秋雨、冬雨、屋檐上的雨、漏雨、雨伞、祈雨、雨龙、雨蛙、雨棚、避雨……"

就在这样思忖着的时候，一阵出乎意料的响声震惊了平中的耳朵。不，不仅仅是震惊。听见这响声之后，平中就像是某个拜谒了佛陀的虔诚法师一样，脸上洋溢起了喜悦的神情。因为从拉门的对面清楚地传来了有人打开锁扣的声音。

平中试着拽了拽拉门。就像他预想的那样，拉门顺着门槛一下子滑开了。拉门的对面一片黑暗，弥漫着一种不知从哪里传出的香味，让人觉得颇有些神奇。平中静静地关上了拉门，用膝盖拄在地上，摸索着向里面移动。但在这萦绕着娇媚气氛的黑暗中，除了天花板上传来的雨声之外，便再也感觉不到任何其他事物的存在了。偶尔觉得自己的手触摸到了什么，也不外乎衣架和梳妆台之类的东西。平中感到自己的心正跳得越来越剧烈。

"莫非她不在？倘若在的话，总该吭吭声吧。"

就在这样琢磨着的当口，平中的手偶然地触摸到了女人的纤纤玉手。然后他又用手继续摸索，摸到了像是丝绸质地的上衣袖口，还有衣服下面的乳房，接着是圆圆的脸颊和下巴，最后触摸到了比冰块更冷彻骨髓的秀发——就这样，平中终于摸索到了躺在黑暗中纹丝不动的侍从，那个令他梦魂牵萦的女人。

这不是梦也不是幻觉。侍从就以只穿着一件薄薄的寝衣的诱惑姿态，躺在平中的面前。他蜷缩在那里，不由得发起抖来。然而，侍从依然毫无反应。这样的情景，平中好像曾经在什么书上看过，或者是几年前在油灯的帮助下在正殿的什么画卷上瞧见过。

"谢谢！谢谢！在今天之前，我一直以为您是一个冷酷的女人。但从今以后，我决定，与其把自己的生命全都奉献给神佛，还不如交托给您。"

平中一边把侍从搂向自己身边，一边想这样在对方的耳畔轻声低语。但不管他如何心急火燎，舌头都被紧紧黏附在上颚上，无法发出像样的声音来。不久，侍从头发上的气息，还有温暖肌肤的气息，都一股脑儿向他裹挟而来——就在他这么思忖着的时候，侍从发出的轻微呼吸又扑打在了他的脸上。

一瞬间——这一瞬间一旦过去，他们就必定会浸润在爱欲的暴风雨之中，以至于忘却了雨声，忘却了不知从哪里传出的香味，忘却了本院的大臣，还有就在附近的女童。可就在这节骨眼上，侍从欠起上半身，用羞怯的声音说道：

"等一等，那边的拉门还没有锁好，我去锁好了再来。"

平中点了点头。侍从在两人的被褥上留下好闻的暖暖香味，站起来悄悄地离开了。

"春雨、侍从、躲雨、雨滴、侍从、侍从……"

平中一直睁着双眼，思索着种种连自己都懵然不懂的事情。这时，从对面的黑暗中传来了倒上门闩的咔嚓响声。

"雨龙、香炉、雨夜鉴花、'暗中疑惑生，何曾识真容，春宵梦不及，依稀尚可凭''梦中犹相见……'怎么回事？门锁不是早就落下了吗？可——"

平中抬头一看，四周和方才一样，只有不知从何处飘来的香味和寂静的黑暗。侍从去了哪里？甚至连她的衣服因走路时候发出相互摩擦的沙沙声也听不到了。

"她该不会就这样……不，搞不好她已经……"

平中这才爬出褥子，像刚才那样用手摸索着来到了对面的隔扇处。只见隔扇已经被人从房间外面牢牢地倒上了门闩，再怎么侧耳倾听，都没有任何脚步声。所有的女佣房间都在大雨中无声无息地安睡着。

"平中，平中，你还算什么天下第一的好色之人呢？"平中倚靠在隔扇上，神思恍惚地嗫嚅着，"你的姿色早已衰败，你的才气也今不如昔。你就是一个比范实和义辅还更让人瞧不起的窝囊废……"

四 好色问答

平中的两个朋友——义辅和范实在无聊的闲谈中，曾有过如下一段问答。

义辅："听说那个叫侍从的女人，连平中都是她的手下败将啊。"

范实："传言的确是这么说的。"

义辅："这对那家伙来说，也算是一个教训了。那家伙除了女御、更衣不招惹外，其他女人无不染指，稍微惩戒一下也好。"

范实："咦，难不成你也是孔夫子的弟子？"

义辅："尽管对孔夫子的教诲我一无所知，但却知道有多少女人为平中而痛哭流涕。顺便再补充一句，有多少丈夫为他伤透脑筋，又有多少父母为他勃然大怒，还有多少家臣因他怨声载道，这些我都并非一无所知。对这种殃及众人的男人，理应义正词严地加以谴责。你不这样认为吗？"

范实："也不是那么简单吧。诚然，因平中一个人，整个世间都不胜困惑。但是，那些罪孽难道只应由平中一个人来承担吗？"

义辅："在你看来，还应该由谁来承担呢？"

范实："自然当由那些女人来承担。"

义辅："让女人来承担，那不是太可怜了吗？"

范实："全部让平中来承担，不是也很可怜吗？"

义辅："可是，是平中先去勾引人家的啊！"

范实："男人是在战场上拿大刀，而女人则是用阴谋杀人。可杀人之罪，有何不同？"

义辅："哇，你还袒护平中呢。不过，有一点应该是确切无疑的吧——我们不让世间蒙受痛苦，而平中却让世间蒙受痛苦。"

范实："这一点究竟如何，也很难断言啊。我们人类，也不知是因为什么报应，只要活着，一刻都不会停止相互伤害。只是平中比我们给世间带来了更大的痛苦而已。这一点对于天才而言，也是无可奈何的宿命吧。"

义辅："开玩笑！如果平中是天才，那这池中的泥鳅岂不是也可以说成是蛟龙了？"

范实："平中确实不愧为天才啊。你不妨瞧瞧他的那张脸，听听他的声音，再读读他的文章。倘若你是个女人，不妨和他厮守一个夜晚。他和空海上人、小野道风一样，从离开母胎的时候起就被赋予了非凡的才能。如果这还不算是天才的话，那么，天下将没有一个天才存在。在这一点上，我等之辈毕竟不是平中的对手啊。"

义辅："可是——可是天才并不像您说的那样总是造孽，不是吗？比如，从道风的书法上就可以领略到那微妙笔力下产生的奇迹，听空海上人的诵经……"

范实："我并没有说天才总是造孽，只是说天才也会造孽。"

义辅："这么说来，完全和平中不同啊！那家伙造的孽数不胜数啊。"

范实："那可不是我们所能理喻的东西。比如，对于一个连假名都写不好的人来说，道风的书法不是也无聊透顶吗？对于一个完全没有信仰的人来说，比起空海上人念诵的经文，或许倒是傀儡作的和歌还更加有趣吧。要想了解天才的功德，我们还必须具备相应的资格。"

义辅："虽然你说的不无道理，可论起平中尊者的功德……"

范实："平中不也一样吗？那种好色之人的功德，唯有女人才深谙其妙。你刚才不是说过，不知有多少女人为平中以泪洗面吗？现在我想反过来说，不知有多少女人因为平中而咀嚼到了无上的欢悦，不知有多少女人因为平中而体验到了生存的价值，不知又有多少女人因为平中而学会了牺牲的可贵，不知还有多少女人……"

义辅："好了好了，这已经足够了。倘若像你那样强词夺理，牵强附会，那么，稻草人也会变成一身戎装的武士呢。"

范实："如果人人都像你那样嫉妒心那么重，一身戎装的武士也会被当作稻草人。"

义辅："你说我嫉妒心重？哈，这真是让人意外啊。"

范实："你干吗不像谴责平中那样，去谴责那些淫乱的女人呢？即便你在口头上谴责她们，可内心却为她们网开一面，对吧？这是因为彼此都是男人，所以不知不觉地掺入了妒忌的成分。不管是多是少，其实我们都潜藏着一种野心：如果可能的话，都希望成为平中那样的人。也正是因为这样，平中比密谋造反的人更让我们憎恨。想来，也真够可怜的。"

义辅："这么说，你也想成为平中？"

范实："你说我吗？那倒并不完全如此。所以，在对待平中的时候，我能够比你更加公平。一旦征服了某个女人，平中很快就会厌倦那个女人，并立刻为另外的女人而神魂颠倒，以至于达到可笑的地步。这是因为在平中的心中，总是依稀萦绕着某个如同巫山神女般美妙绝伦的女人形象。平中总是试图从世间的女人身上寻觅到那样的美丽。在他为对方神魂颠倒的时候，他以为自己已经捕捉住了那样的东西。但见过两三次以后，那样的海市蜃楼却顷刻间坍塌了。为此，他不得不辗转于一个又一个女人之间。而且，在当今这个末法世界里，根本不可能有那样的美人存在，所以，平中的一生最终只能以不幸而宣告结束。在这一点上，毋宁说你和我要幸福得多。但平中之所以不幸，无非因为他是个天才的缘故。这也不限于平中一个人，空海上人和小野道风其实也与他有着近似之处吧。总而言之，要想获得幸福，至关重要的，必须是一个凡人……"

五　为粪便之美而感叹的男人

平中一个人不胜落寞地伫立在离本院侍从房间不远的套廊上，四周看不见一个人影。太阳照射在走廊的栏杆上，只要看看那如同炸油一般的光线，就知道今天的暑热又平添了能量。但在厢房外面的天空中，一棵棵葱绿的松树正静静地守护着眼前的阴凉。

"侍从一直不理会我，我也下定决心不再想侍从……"

平中依旧脸色苍白，茫然地思忖着这件事。

"可是，再怎么下定决心，侍从的影子还是会如幻影般无时无刻不萦绕在我眼前。自那个雨夜以来，我不知向四面八方的神佛虔诚祈祷过多少次，只为能忘记她的身影。可是，我只要一走到加茂神社，那神体就会活灵活现地浮现出侍从的脸。我一踏进清水寺的内殿，就连观世音菩萨也不着痕迹地变成了侍从的模样。如果这影子不从心中消除的话，我一定会相思而死吧……"

平中长长地叹息了一声。

"但是，要想忘记那身影——便只有一个办法，那就是找出她的鄙俗之处。侍从又不是天仙下凡，想必也自有不洁之处吧。只要发现其中一点，那么，就像变成女官的狐狸被人抓住尾巴一样，侍从的幻影就会自然而然地土崩瓦解。而也只有在那一刹那里，我的生命才会重新归属于我自己。但她究竟什么地方是鄙俗的，又在什么地方隐藏着不洁，是不会有谁来告诉我的。啊，大慈大悲的观世音菩萨，求您昭示侍从的可鄙之处，昭示她与河岸上的女乞丐别无两样的证据……"

平中就这样思忖着，无意中扬起了他那慵懒的视线。"咦，正朝这边走来的，不是侍从房间的那个女童吗？"

这不，那个长着一副聪明模样的女童，身着一件瞿麦图案的薄衣，下面穿着一条色彩浓艳的裙裤，正朝着这边走过来。只见她将一个匣子模样的东西藏在一把红色画扇的背后。想必是走在路上，赶着去扔掉侍从拉下的粪便吧。见此情景，一个大胆的决定像闪电一般划过平中的心里。

平中眼神一变，一下子站到女童的前方，挡住了去路，然后一把抢过女童手上的匣子，一溜烟似的奔向走廊对面一间无人的房子。不用说，遭到突然袭击的女童一边哭喊着，一边紧跟在他的后面。但一跑进那个房间，平中就一把关上拉门，迅速倒上了门闩。

"太好了！只要看清里面的东西，哪怕是百年的爱恋也会顷刻间化为乌有……"

平中用微微颤抖的手揭开附在盒子外面的染香绫罗。让人意想不到的是，盒子外面竟极为精巧，上面涂抹着全新的泥金画。

"这里面藏有侍从的粪便，同时也有决定着我的命的……"

平中伫立在那儿，目不转睛地盯着那只美丽的匣子。而女童还在房间外面低声抽噎着，但不知什么时候，那哭声被一阵抑郁的沉默吞噬殆尽了。与此同时，拉门和隔扇也开始像雾霭一般消失了。不，平中甚至闹不清，此刻究竟是白天还是夜晚。他的眼前，唯有一只画着杜鹃鸟图案的匣子清晰地浮游在空中……

"我的性命能否得救，还有能否与侍从彻底诀别，全都维系在这只匣子上了。一旦打开这只匣子的封盖——不，这可得好好想想。到底是忘掉她的好，还是让自己的生命苟延残喘的好，我可答不上来。不，纵然焦灼而死，也还是别打开这匣子的封盖吧……"

平中憔悴的脸上闪烁着泪花，此刻更是倍感困惑。但在沉吟了片刻之后，他的眼睛突然迸射出光芒，心里声嘶力竭地叫喊道：

"平中！平中！你个没出息的家伙！难道你已经忘了那个雨夜的事吗？说不定侍从现在还嘲笑你的迷恋呢！你要活下去，而且要活得更好！只要看到了侍从的粪便，你就赢了……"

平中几乎就像是疯子一般揭开了匣子的封盖。不料匣子里只是盛着一半淡淡的丁香花颜色的液体。有两三块什么东西，带着浓浓的丁香花颜色，沉淀在液体的底部。与此同时，就像是在梦境中一样，一阵丁香花的气味徐徐飘来，扑打着平中的鼻子。莫非这就是侍从的粪便？不，不可能。即便是吉祥天女，也不可能排泄这样的粪便。平中紧蹙着眉头，随手抓起了漂浮在最上面近两寸大小的东西。然后，他几乎是凑在自己的胡须附近，反复地嗅着它的气味。没错，这肯定是最上等的沉香才会发出的气味。

"这是怎么了？怎么连这液体也散发出香味……"

平中将盒子倾斜稍许，悄悄地啜饮了一小口。没想到，那液体也散发着丁香花的芬芳。的确是沉淀后的清汁。

"这么说，这是香水？"

平中又把刚刚拿出来的两寸大小的东西放在嘴里，咀嚼一下试试看。裹挟着稍许苦味的甘甜瞬间浸入牙齿，与此同时，一种比柑橘更加清爽的微妙香气迅速充满整个口腔。也不知侍从到底从哪儿得到的计策，为了摧毁平中的意志，竟然还专门制作了香水工艺的粪便。

"侍从，是你杀死了平中！"

平中呻吟道。只见泥金画的匣子吧嗒一声滑出了他的手中，而他的整个身体也跌倒在了地面上。在紫磨金的圆光照耀下，他那半死的瞳仁里又浮现出了侍从朝他嫣然微笑的倩影⋯⋯

玄鹤山房

一

这所房子建造得小巧玲珑，大门也装饰得颇为雅致。当然，这种类型的房子在当地并不稀奇。不过，通过门口"玄鹤山房"的牌匾和越过围墙可以看见的庭院里的树木就知道，这家比任何一家都更见风流。

房子的主人叫堀越玄鹤，光以画家的身份，他就多少有点名气了。不过玄鹤之所以发家致富，是因为他掌握了橡皮印章的专利权，或者说，是因为他获得了这项专利权之后去干了地皮买卖。确实，属于玄鹤名下的那块在郊外的地产，是块连生姜也长不好的地皮。可是它现在已经变成所谓"文化村"了：盖着红色屋瓦的房子和盖着青色屋瓦的房子鳞次栉比。

不过"玄鹤山房"仍算是一幢小巧玲珑、大门雅致的房子。特别是最近隔着围墙能看到松树上挂着除雪用的绳子，大门前铺着的干松叶上掉下来的紫金牛果红红的，看上去更是风雅别致。这户人家所在的小胡同很少有人过路，连卖豆腐的从这儿经过时也是把车停在路口上，吹几声喇叭就走了。

"玄鹤山房？'玄鹤'是什么意思？"

偶尔从这家门前经过的，一位头发长长的绘画练习生腋下夹着细长的画具箱，对同样穿着金纽扣制服的另一个绘画练习生问道。

"什么意思呢？可能是'严格'的谐音呢！"

两个人笑着，步伐轻快地从门前经过。在他们身后冰冷的道路上，只有一截儿不知道是他们之中的哪一个扔掉的金蝠牌烟头，正袅袅地冒着一缕青烟。

二

重吉还没当玄鹤的女婿之前就在一家银行做事，所以下班回到家里，常常是点灯时分。这几天来，他一进门就立刻闻到一股奇怪的臭味儿，原来玄鹤得了一般老年人很少得的肺结核，这是他躺在病床上呼出的气味。当然，这种气味儿不会飘出门外的。重吉穿着冬大衣，腋下夹着公文包，走过房前的台阶时，不由得怀疑起自己的神经来。

玄鹤在一间独立的厢房里安置了一个铺位，不躺下的时候，便凭靠在叠好的被褥旁边。重吉把大衣和帽子一脱，必定先到这间厢房来露一下脸，嘴里还总挂着"我回来了"或者"今天好吗？"这一类的问候话。不过，重吉从不将足迈进厢房的门槛。这是因为害怕传染上岳父的肺结核病。另一方面，他又讨厌岳父身上的气味。玄鹤每次看到重吉，也只是回答一声"哦"或者"你回来了"这类的话。玄鹤的声音依旧有气无力，说是在讲话，倒不如说是近于喘息。重吉每听到岳父搭腔，不得不为自己的不近人情而感到内疚。然而，重吉实在很害怕走进这间厢房。

问候过岳父之后，重吉接着去餐厅隔壁的房间去问候同样卧病在床的岳母阿鸟。阿鸟早在玄鹤还没有卧床——七八年前，她就不能自己上厕所了。玄鹤之所以跟她结婚，一方面是因为她父亲是一个大藩家的总管，另一方面也是因为看上了她的美貌。虽然她年事已高，但眼神里的光华还在。此刻，她坐在床上认真地修补白袜子的样子，跟一具木乃伊没什么区别。重吉同样对她丢下一句"妈，您今天觉得怎么样"，紧接着就去了六铺席的饭厅。

妻子阿铃要是不在饭厅，那准是和信州籍贯的女仆阿松一起，在窄小的厨房里做事。重吉感到，别说这拾掇得干净又整齐的饭厅，就连那带有新式炉灶的厨房，比起岳父或者岳母的房间来，不知要亲切多少倍呢！重吉是某政治家的次子，这位政治家一度做过县知事之类的官。可是，重吉与其说是像风度豪迈的父亲，不如说是个秀才，更像以前做过女诗人的母亲一些，他长着和善的眼睛和尖尖的下颏，这也很能说明问题。重吉一进入饭厅，便脱去西装换上和服，然后舒舒服服地坐在长火盆前，一边吸着廉价的雪茄，一边和独生子武夫逗着玩，武夫是今年才进小学念书的。

重吉总是和阿铃、武夫一起围着矮饭桌吃饭，吃饭的时候一向很热闹。但是最近，"热闹"之中，总是有点儿拘束，这都是因为家中来了一个伺候玄鹤的护士甲野。特别是武夫，即便有"甲野小姐"在旁边，他照样淘气。不，应该说正因为有"甲野小姐"在，他就更淘气了。阿铃常常皱起眉头瞪着淘气的武夫，可是武夫只是装傻，故意做出吃饭的样子给她看。重吉常看小说，知道武夫淘气是表现自己的"男子汉"劲头，所以心里虽有点儿不高兴，但是一般只是在旁边微笑着闷头吃饭。

"玄鹤山房"的夜晚很安静。不要说每天很早就要离家去学校的武夫要早睡，就是重吉夫妇通常也在晚间十点左右就躺下了。只有甲野小姐在玄鹤的枕头边挨着烧得很旺的炉火旁坐着，瞌睡也不打一下。至于玄鹤——玄鹤偶尔也会醒来。然而，除了"热水袋凉了"或是"湿毛巾干了"以外，他几乎没有说过其他的话。在这间厢房听得最多的，就是竹丛的叶子发出的阵阵摇曳声。甲野在微寒寂静的夜里一直守着玄鹤，想着各种心事。她想着这栋房子里每个人的心思和自己的将来……

三

有一天下午，快雪初晴，一个二十四五岁的女人领着一个瘦弱的男孩在堀越家的厨房露面，厨房里只有一方天窗，从中可以望见蔚蓝的天空。重吉当然不在家；阿铃正在缝纫机上做活，虽说她心中多多少少有所预感，但毕竟有点感到不知如何是好。不管怎么说，阿铃还是从长火盆前站起来迎接了来客。客人进入厨房后便将自己脚上穿的木屐以及男孩穿的鞋弄弄整齐（男孩身上穿了一件白毛衣）。很明显，这是因为客人感到自己地位卑贱的缘故。不过，客人这样做也不无道理。近五六年以来，她住在东京近郊的乡下，是玄鹤公开纳的小妾，她的名字叫阿芳，曾经当过女仆。

阿铃这次刚一看到阿芳的脸，就明显感觉到她的衰老。不仅仅是脸蛋儿不再年轻，要知道就在四五年前，阿芳的手还是圆乎乎的。然而现在，年龄已让她的手变得连血管都看得一清二楚。还有她手上戴的——从她戴的廉价戒指就可见她平日有多操劳了。

"这是哥哥让我拿给老爷的。"

阿芳愈加怯生生地拿出一个旧报纸包，在进饭厅前悄悄地把那个包放在了厨房的角落里。正好在洗衣服的阿松麻利地干着活儿，不时用眼角打量着梳着水灵灵的左右两个半圆发髻的阿芳。但是一看见那个旧报纸包，阿松的脸上愈加露出了鄙视的表情，更何况这东西还散发出和新式炉灶、精致餐具不协调的臭味儿。阿芳虽然没看见阿松，但是她至少在阿铃脸色上已经看出了奇怪的表情，她解释着："这是那个，大蒜。"然后她对那个咬着指甲的孩子说："快呀，少爷，快行礼。"不用说，这就是玄鹤跟阿芳生的孩子文太郎。听到阿芳管这孩子叫"少爷"，阿铃真的挺可怜阿芳的。但是她的常识立刻就让她明白，阿芳这样做也是没法子的事。阿铃仍然不动声色，拿出现成的点心招待坐在饭厅一角的母子俩，跟他们讲着玄鹤的病情，逗文太郎高兴……

玄鹤纳了阿芳做小妾之后，不顾换乘国营电车的劳累，每周一定到阿芳的住所去一两次。对于父亲的这种感情，阿铃起初感到厌恶。她不止一两次地想过："哪怕稍微替母亲的面子想想也好，竟这样……"当然，阿鸟对什么事都好像听天由命。正因为如此，阿铃就更加同情母亲。父亲到小妾那里去了之后，阿铃会瞪着眼睛说瞎话来骗母亲，胡扯些什么"父亲今天赴诗会去了"之类的谎言。她自己也不是不明白，这种话是骗不了母亲的。当她看到母亲脸上时不时有一种近于冷笑的表情，就直后悔不该说谎。然而相比之下，阿铃总是更可怜自己，她觉得瘫痪的母亲一点也不知道体谅体谅做女儿的。

阿铃把爸爸送出门后，常常因为想家里的事而停下手中的缝纫机。其实在玄鹤还没把阿芳收房之前，对阿铃来说他就不是一个"好父亲"。可是温顺的阿铃觉得怎么都无所谓，她只是担心爸爸连古董字画都一个劲儿往妾宅搬。阿芳还在她家当女佣的时候，阿铃就从来没把阿芳当坏人。不，她甚至觉得阿芳比一般人还老实。但是她弄不清楚，阿芳那个在东京郊区开鱼店的哥哥打的是什么主意。实际上在她的眼里，阿芳的哥哥好像是个净打坏主意的家伙。阿铃常常抓着重吉，说出自己的担心，可是重吉根本不愿意照她说的办。"我怎么好跟父亲开这个口呢？"阿铃见重吉这么说，就只好不作声了。

"我怎么能跟父亲说那种话呢？"阿铃看重吉根本不愿意照她的话说，一时除了闭嘴也别无他法。

"父亲不会以为阿芳懂得罗两峰的画吧？"

重吉有时会若无其事地与阿鸟说起这些事，可是每次阿鸟都是抬着头看着重吉，苦笑着说：

"他就是那个样子。以前，他甚至还拿过砚台来问我，'你觉得这个怎么样？'这就是他的做派啊。"

然而，那样的事现在看来，大家只会觉得是杞人忧天。自今年冬天玄鹤病重，不能再时常前往那边以后，对重吉提出的让他和阿芳分开的提议（事实上，让他们分开的条件基本上都是阿鸟和阿铃想出来的），意外地痛快答应了。另外，阿铃先前一直担忧的阿芳的哥哥，竟然对这个提议也相当满意。于是，阿铃拿到一千元的分手费之后，就回到上总海边的双亲家去住了，另外每个月她还可以收到用于抚养文太郎的部分教育费。阿芳的哥哥对这边开出的条件没有提出任何异议。不仅如此，他甚至还主动把之前玄鹤珍藏在妹妹那里的烹茶器具一并送还了。

"还有一点，妹妹说如果府上人手不足，她可以来帮忙看护病人。"

对于这个要求，阿铃先去和瘫痪的母亲商量。必须说，这一点是阿铃的失策。阿鸟一听阿铃前来商量这件事，立即表示支持，并要阿芳及早把文太郎一起带来。阿铃除了要为母亲的情绪着想之外，还很害怕全家的气氛将被扰乱，她一再提醒母亲慎重考虑考虑。（可是另一方面，阿铃的地位却是处在父亲玄鹤同阿芳的哥哥之间，所以她又深深地觉得不能板起脸拒绝对方的要求。）然而阿鸟对阿铃的意见，说什么也不肯随便采纳。

"这件事如果没进入我耳朵之前，那自然是另当别论。可如今要是拒绝——阿芳面子上也会过不去吧？"

不得已阿铃只好答应阿芳哥哥，让阿芳过来。这也许是不谙世事的她的又一次失策。重吉从银行回来听阿铃说起这事，他那女人般温和的眉宇间稍稍露出不高兴的表情。"这样多个人手固然好……但是你要是跟父亲商量一下就好了。他要是不同意，也就没你什么责任了。"甚至还说了这些话。阿铃也与平时不同，闷闷不乐地答应了一句"也是啊"。可是要她去和玄鹤商量……让她和不久于人世、对阿芳还旧情难舍的父亲说这个，她实在办不到。

阿铃一边招呼着阿芳母子，一边回想其中的是非曲直。阿芳没有把手伸到长火盆上烤，只是断断续续地讲了一些她哥哥和文太郎的事。她仍然和四五年前一样，说话时总是把"这个"说成"介个"，还是满嘴的家乡味儿。阿铃听着她的家乡口音，不知何时开始觉得跟她没有隔阂了。与此同时，她又不由得担心起母亲来。阿鸟睡在只有一层纸拉门的隔壁，此时却连咳嗽都不曾有过一声。

"既然如此，就请在这儿待一周左右吧。"

"是，只要府上没问题。"

"可是，你没带换洗衣服呢！"

"我哥哥说他晚上会帮我送到这边来。"

阿芳一边唯唯诺诺地这么应答着，一边从怀里拿出牛奶糖递给待在母亲身边觉得无聊的文太郎。

"那我这就去向父亲禀明，他现在身子很虚弱，向着拉门方向的耳朵都冻伤了。"

阿铃在离开长火盆前，下意识地将水壶移移正。

"母亲！"

阿鸟含糊不清地应了一声，好像是被喊声惊醒了似的。

"母亲，阿芳来了。"

阿铃说后总算松了一口气，她并不朝阿芳看一眼，很快地站起来离开了长火盆。走过隔壁的房间时，阿铃又说了一句："阿芳她……"阿鸟躺着，嘴埋在睡衣的前襟里，可是一看见阿芳就搭腔说："呀，真早啊。"只露出一双眼睛，像是在微笑。阿铃很清楚地感觉到，阿芳跟随在自己的身后过来了。与此同时，阿铃马上又急匆匆地从走廊向那间偏离正屋的厢房赶去，走廊正对着白雪皑皑的庭园。

从明亮的走廊突然跑进来，阿铃眼睛里的厢房要比实际上显得更昏暗一些。这时，玄鹤正坐着让甲野读报，一见阿铃进来就忽然问道："是阿芳来了？"这是一种情绪异常迫切并近于追问的嘶哑嗓音。阿铃伫立在纸拉门旁脱口而出地回答："嗯。"然后，谁也不开口，一阵缄默。

"我马上叫她过来。"

"嗯……只有阿芳自己吗？"

"不是……"

玄鹤默默点头。

"那么，请甲野小姐到这里来一下。"

阿铃比甲野小姐早一步在走廊上疾步而去。积雪残存的棕榈叶上，正好有一只鹡鸰摇着尾巴。不过，她并没有注意到这种鸟，只是感觉像有什么东西从厢房里跑出来，一路跟在她后面似的，令她恐惧不已。

四

自从阿芳住进来，家里的气氛眼见着险恶了起来。气氛紧张首先是从武夫欺负文太郎开始的。文太郎这孩子不像他的爸爸玄鹤，倒像他妈妈阿芳，而且这孩子连软弱这点都像阿芳。阿铃好像有点儿同情这个孩子，但有的时候也觉得文太郎太没出息。

护士甲野由于本身职业的关系，在一旁冷眼看着这种司空见惯的家庭悲剧——说她冷眼观看还不如说是在欣赏这样的家庭悲剧。她过去的经历很不幸，因为在和病人家主人的关系上、和医院医生的关系上发生冲突，不知有多少次想吞氰化钾自杀。这样的经历不知不觉让她有一种病态兴趣，拿他人的痛苦当作自己的享受。她进堀越家的时候，发现瘫痪的阿鸟每次大小便以后都不洗手。她想："这家的媳妇咋那么能干，把水端来端去竟无人觉察。"这件事还在疑心很重的她心里落下了阴影。但是过了四五天以后，她才发现这居然是这家的小姐阿铃的过错。她对这个发现感到了一种满足，于是阿鸟每次大小便以后她就用脸盆给阿鸟端水了。

"甲野小姐，因为你的关系，我才能像别人一样盥洗了。"

阿鸟说这些话的时候，将两手合在一起，眼泪都流下来了。然而，甲野对阿鸟的感激并没有什么感觉，但是当她看到三回里能有一回阿铃要给阿鸟端水的时候，她就愉悦得快要跳起来。因此，当她看到两个小孩子在胡乱吵闹时，丝毫没觉得不舒服。她在玄鹤面前表现出好像很同情阿芳母子的样子，与此同时，又在阿鸟面前表露出她也不喜欢阿芳母子的神情。即便这样做很辛苦，但显然很有成效。

阿芳住下来之后一个星期左右，有一天，武夫又和文太郎吵架了。吵架的原因只是为了什么猪尾巴像不像柿子蒂的争论。武夫把瘦弱的文太郎推到房间的角落里狠狠地拳打脚踢了一顿。这是个四铺席半的房间，位于正门旁边，是武夫学习用的。阿芳恰巧走过这里，她抱起快要哭不出声音来了的文太郎责备起武夫来："少爷，不能欺侮弱小呀。"

这微带刺儿的话从一贯腼腆的阿芳嘴里说出来倒是不多见。阿芳的一本正经使武夫吓了一跳，接着，武夫一面哭一面逃进阿铃所在的饭厅。于是阿铃勃然大怒，放下正在手摇缝纫机上做的针线活儿，死拉活拖地硬将武夫带到阿芳母子处。

"你这孩子也太任性了！来，快给阿芳阿姨认错！双手伏地，跪下好好认错！"

面对盛怒不止的阿铃，阿芳除了和文太郎一起流泪外，就是不停地道歉。面对这种情形，出来化解气氛的，自然是甲野小姐。甲野一边使尽力气将气得满脸通红的阿铃推走，一边想象着另一个人——对这边的吵闹从头听到尾的玄鹤此时心里在想什么。当然，她绝不会把这种幸灾乐祸表露在脸上。

然而，让一家子不得安生的，未必都是因为孩子们的争执。不知道什么时候，阿芳又把似乎对一切都已断念的阿鸟的嫉妒心给煽动起来了。当然，阿鸟从来没有指责过阿芳什么。（就这一点来说，和五六年前阿芳还住在女仆房时一样。）然而，原本和这些事毫无关系的重吉却被牵连进来了，阿鸟开始动不动就迁怒于他。重吉当然不会和瘫痪在床的岳母一般见识。阿铃觉得重吉有点可怜，同时经常替母亲向他道歉。这时候，他通常只是苦笑着，插科打诨道："要是你也歇斯底里起来，那可真就惨咯。"

甲野对阿鸟的妒忌感很有点兴趣。阿鸟妒忌人的这件事本身当然无须多言，就是阿鸟常向重吉说东道西的心情，甲野也十分明白。不仅如此，甲野感到自己在不知不觉中也产生了一种近似于妒忌重吉夫妇的情绪。对甲野来说，阿铃是东家的"小姐"，重吉也——重吉好歹生来就是个普普通通的男子，这是没有错的，但他却是甲野不屑一顾的一头雄性动物而已。在甲野眼里，重吉这种夫妇的幸福简直是一种不正之风。为了矫正这种反常现象，甲野对重吉表示出十分亲近的样子。这对重吉或许不起任何作用，却是刺激阿鸟神经的绝好机会。阿鸟裸露着膝盖，恶狠狠地说："重吉，你对我的女儿——对瘫子生的女儿感到不满意？"

然而，阿铃似乎从未因此疑心过重吉。不，确切来说，她对甲野似乎还有点同情。这让甲野越发不满。事到如今，她没法不对向来与人为善的阿铃表现出蔑视。但是，她对重吉开始有意识地避开自己感到开心。在甲野看来，重吉之所以躲着她，正是因为对她有了男人的好奇心，这一点无疑让她很满足。之前，为了进入厨房旁边的浴室，即便甲野就在旁边，重吉也毫不避讳地光着身子去洗澡。可是最近，那样的情形再也没有出现。这无疑是他对自己就像被拔光了毛的公鸡一样的身子感到羞耻的缘故。甲野看他那副样子（一脸雀斑），心里只觉得好笑：除了阿铃，你当真以为会有人对你着迷吗？

一个下霜的阴天早晨，甲野在她靠门口的小房间里摆上镜子，开始梳头，照例把头发全都拢到了后面。这天恰好是阿芳要回乡下的前一天。阿芳离开这个家对重吉夫妇来说似乎是件令人高兴的事，但是，这好像反而更让阿鸟生气着急了。甲野梳着头发，听着阿鸟大声喊叫，不由得想起了过去听朋友说的一个女人的故事。据说这个女人在巴黎住着住着越来越想家，得了严重的思乡病。幸亏她丈夫的朋友要回国，她就一起坐上了回国的船，而且长时间的海上旅行好像也不觉得辛苦。当船到了纪州海边的时候，不知为什么，她突然兴奋起来，一下子跳进了大海。这叫越是接近日本，思乡病反而就越强烈……甲野静静地擦去手上的油，心想，不用说对瘫子阿鸟的嫉妒，这种神秘力量对她自己的嫉妒心也起了作用。

"啊呀，母亲，您这是怎么了？怎么爬到这儿来了？母亲只要喊一声'甲野小姐，请来一下'就可以了呀。"

阿铃的惊呼声是从距离厢房不远的走廊那边传来的。甲野听到喊声时，脸正对着明亮的镜子，发出了一声冷笑。然后，她故作吃惊地赶紧应答道："好，马上就来!"

五

玄鹤越来越衰竭了。不消说他长年的疾病，就是从后背到腰上的褥疮也让他苦不堪言。他时时大声地呻吟，好稍稍忘掉些许疼痛。让他感到痛苦的还不只是肉体上的折磨，他在阿芳住在家里的这段时间多少得到些安慰，不过阿鸟的嫉妒和孩子们吵架也总是让他感到痛苦。但这些还算是好的了。

他现在感受到了阿芳走后可怕的孤独，同时也不可能不回首他这漫长的一生。

无论怎么说，玄鹤的一生毕竟是可怜悯的一生。诚然，获得橡皮印章的专利权的那当口儿，玄鹤是在花牌和酒杯上过日子的，那当然是他一生中比较得意的时期。但就是在那样的时期里还不断有痛苦加到自己头上来：老伴的妒忌；自己生怕失去既得利益的焦躁心理。再者，纳阿芳为姜之后，除了家庭纠纷之外玄鹤还始终背着一个非自己莫属的重大包袱——张罗资金。尤其可悲和可耻的是：玄鹤虽对年轻的阿芳感到依恋，但至少这一两年来他不知多少次打心里诅咒阿芳母子死掉。

"可悲吗？——可是仔细想想，也不是只有我自己这样。"

玄鹤晚上扪心自问，他仔细地一一回忆起亲戚、朋友们的事情：自己的亲家只是"为了拥护宪政"便带有社会性地杀了好几个比玄鹤还要饭桶的敌人；那个跟他最亲密的古董商人，那么一大把年纪了，竟和前妻的女儿有关系；那个律师花掉了委托他保管的钱款；还有那个篆刻家……可是十分不可思议，这些人的犯罪没有给玄鹤的苦痛带来丝毫变化。更有甚者，它们反而给生活本身投下一层阴影，并一味地将这阴影扩展开来。

"罢了，罢了，这样的痛苦也即将到头了，只要咽下这一口气就……"

这也许是留给玄鹤的最后一点安慰。为了减轻蚕食身心的各种痛苦，他努力回忆着那些让他感到愉快的往事。可是，如前所述，他的一生是不值一提的。如果他的一生真有什么称得上灿烂的话，那也只是无人知道的孩提时代的记忆了。他常常会在半梦半醒之间想起他父母住过的信州的一个山村——尤其是被压上石头的木质屋顶和散发着蚕茧味儿的桑树枝。然而，即便是那样的记忆也没维持多久。他经常会在难受得忍不住呻吟时念观音经，或是唱从前流行的小曲儿。不仅如此，每当他念完"妙音观世音，梵音海潮音，胜彼世间音"之后，再唱"kabbore，kabbore（卡帕嘞，卡帕嘞）"时，总觉得很好笑又无奈。

"睡觉就是极乐，睡觉就是极乐……"

玄鹤为了忘掉所有的一切，一心想早点儿熟睡过去。实际上甲野不仅给他吃了安眠药，还给他注射了海洛因，但是他并不见得总能睡得安稳。他常常在梦里和阿芳、文太郎见面，这让他……让梦中的他心情舒畅。（他在一天晚上的梦里又和新花牌"樱花二十点"谈了起来，而且那个"樱花二十点"的脸就是四五年前阿芳的脸。）可是正因为做了这样的梦，才让醒过来的他更惨。玄鹤不知从什么时候开始，甚至对睡觉都感到近乎恐怖的不安。

马上就要到除夕的一个午后，玄鹤仰面躺在那里，对枕边的甲野说：

"甲野小姐，我啊，已经很久没有缠过兜裆布了，让人去给我买六尺白布来。"

实际上，根本没必要为了一块白布就让阿松专门到附近的绸缎庄去买。

"兜裆布我可以自己缠，你们把布叠好放在这里就可以了。"

玄鹤就靠这兜裆布——靠着用兜裆布来勒死自己的念头，好不容易度过了小半天。可是，对从铺盖上坐起来都必须借助于别人的玄鹤来说，要找到这种机会更是谈何容易！何况一旦真要死，玄鹤也还是害怕的。在昏暗的电灯光下，他凝视着黄檗版经文上的教谕，嘲笑起自己的贪生怕死来。

"甲野小姐，请把我扶起来。"

此时已是十点左右。

"现在就我一个休息，你不用客气，去睡吧。"

甲野注视着行为略显怪异的玄鹤，冷冷地回答道：

"不，我不睡。我的职责就是如此。"

玄鹤觉得自己的计划被甲野看穿了。但是他只是点了点头，什么都没说就装着睡着了。甲野在他的枕边打开一本妇女杂志的新年刊物，好像看得很投入。玄鹤还在想着被子边上兜裆布的事，把眼睛睁开一条缝儿盯着甲野看。这时……他忽然觉得很好笑。

"甲野小姐。"

甲野似乎被玄鹤的脸色吓坏了。玄鹤靠着被子，不停地傻笑着。

"什么事？"

"没，没什么事……"

玄鹤仍旧一边笑，一边挥动着细瘦的右手。

"刚才……不知为何突然很想笑——现在扶我躺下吧。"

过了一个小时左右，玄鹤不知不觉地睡着了。当夜的梦境也是吓人的。玄鹤梦见自己站在茂密的树丛中，从高腰拉门的缝隙里朝茶室似的屋子张望，屋里有一个赤身裸体的孩子面朝自己躺着。虽说是个小孩，但有着老人似的皱纹。玄鹤刚要叫喊，浑身汗淋淋地醒来了……

"一个人也没到厢房来。加上光线还不足，还不足……"玄鹤看了看钟，才知道现在已接近晌午了。他顿时感到松了一口气，心里也亮堂了。不过，他忽然间又像平时一样变得阴郁起来。玄鹤仰脸躺着，数着自己的呼吸，他觉得有什么东西正在催促自己："是时候了哪。"于是他轻轻地摊开兜裆布，缠到自己的头颈上，然后用双手狠命地一勒。

就在这时，穿得鼓鼓囊囊的武夫从门外探头进来。

"哎呀，外公怎么这样了！"

武夫一边喊着，一边跑向饭厅。

六

过了大约一个星期，玄鹤在家人的簇拥下，因患肺结核死去了。他的告别仪式很盛大。（只有瘫痪的阿鸟没法参加仪式。）聚集在他家的人们向重吉夫妇道恼后，就走到用白缎子遮盖着的他的灵柩前为他烧香行礼。不过，当他们走出他家大门的时候大都把他给忘了，当然他的旧友是例外。

"那个老头子也算死得其所了，有个年轻貌美的小妾不说，还存了不少钱呢。"——几乎每个人都是这样评价他的。

放着玄鹤棺柩的出殡马车后面跟着另一辆马车，通过市街往一个火葬场驰去，十二月里的阳光还不曾从山上消失。重吉和他的一个表弟坐在后面那辆有些脏的马车上。重吉的表弟是个大学生，他有些担心马车的颠簸，但还是埋头看着一册小开本的书，不大和重吉讲话。那本书是李卜克内西《回忆录》的英译本。重吉却因为守了一夜的灵，疲劳得很。他不是迷迷糊糊地打盹儿，就是打量着车窗外新开发的市街，漫不经心地自言自语着："这一带也完全变了样子。"

两辆马车沿着化了霜的道路总算到达了火葬场。尽管在电话里预先讲好了，但头等炉灶已经满了，只有二等的。这对重吉他们说来，当然是无所谓的事。然而与其说重吉是为岳父着想，倒还不如说是考虑到阿铃的心情，他便隔着半月形的窗子同办事员卖力交涉着："说实在的，这个死者是治病治晚了，所以，至少在火葬的时候想要一个头等的炉灶。"——重吉编出这种谎言来。这谎言似乎比他预想的要有效得多。

"其实病人是因为延迟治疗才因病去世，所以最起码在火葬时能用一等的。"

——他撒了谎。不过，看起来这个谎言比预想的效果要好得多。

"既然如此，那这样好了，一等焚烧炉确实满了，我们就破个例，还收您一等的费用，用特等的烧吧！"

重吉觉得很不好意思，跟办事员道谢了好多次。办事员是个戴着黄铜边眼镜，上了年纪的老大爷，看上去就是个和善的人。

"没关系，不用客气。"

他们等焚化炉上了封后，又坐上有些脏的马车准备出火葬场的大门。这时他们意外地发现阿芳站在砖墙前一边目送他们的马车，一边行着礼。重吉一下子感到很尴尬，想把帽子抬抬，可是这时马车已经微微斜着车身，往满是落叶的道路上疾驰而去。

"那个人？"

"嗯！……我们来的时候好像就已经站在那里了。"

"我以为是个乞丐……那个女人今后该怎么办啊？"

重吉点了一根"敷岛"牌香烟，尽量装作不在意地回答道：

"是啊，谁知道会怎样呢……"

表弟不说话了，但是他在想象着上总海岸边的一个渔村，还有必须在那个渔村里生活下去的阿芳母子……他的脸色一下子变得严肃起来，在不知什么时候射进来的阳光下，又看起李卜克内西来。

梦

我实在是太疲倦了。肩膀和脖子都已僵直就不用说了，失眠也相当厉害。这还不算，即使偶尔睡着了也会做各种各样的梦。不知是谁在哪儿说过："做带颜色的梦是不健康的证据。"然而，或许因为我是画家的缘故吧，我基本上就没有做过不带色彩的梦。我跟朋友们一起进入郊区一家咖啡馆的玻璃门，沾满灰尘的玻璃门外面恰好是铁道线，铁道线两旁绿柳垂阴。我们选在一处角落的桌边坐下，吃着放入碗中的东西。可是等吃完之后一看，留在碗底的，竟然是有一寸那么长的蛇头。——那样的梦，色彩如此鲜艳。

　　我租的房子在寒冷的东京郊外。我心情一忧郁，就从租的房子后边爬上土堤，俯视下面的省线电车轨道。在沾满油和铁锈的碎石上几条轨道发着亮光，而在对面的土堤上有一棵树斜着伸出树枝，好像是榉树。说这种景色本身就是忧郁的话，一点也不过分，可是比起银座和浅草来，还是这儿的风景适合我的心情。"以毒攻毒"——我一个人在土堤上蹲着，一边抽着香烟，一边想着这些事。

　　我并不是没有朋友。他是有钱人家的儿子，自身是个西洋画家。他看我一副萎靡不振的样子，就建议我去旅行。"钱方面，我来想办法。"——他亲切地这么跟我说。然而，我比谁都清楚，即使去旅行也无法治愈我的忧郁。其实，像这种忧郁的状态，三四年前我也曾经历过。当时为了暂时纾解症状，我专门大老远跑到长崎旅行。可是，到了长崎一看，没有一家旅馆让我满意。不仅如此，好不容易找到落脚处，晚上还飞进来几只大飞蛾。我深受其苦，结果不到一个星期就决定回东京……

一个地上还有残霜的下午，我去取钱回来时忽然来了创作欲。其中也有因为身上有了钱可以找模特儿的关系，但除此之外，我的创作欲也确实是发作式地强烈。我没回我租的房子，而是先去了一家叫 M 的地方，雇了一个可以画十号画布的模特儿。这样的决心让陷入忧郁的我打起了精神，这实在是很久没有的事了。"要是这张画能画成，死也值了。"——我实际上就是这么想的。

从那家 M 请来的模特儿脸长得并不漂亮，但是她的身体——特别是胸部很好看，全朝后梳的头发很密。我对她很满意，让她坐在藤椅上后，立刻就着手画起来。光着身子的她拿着代替花束的英文报纸卷，两腿稍稍靠拢，偏着头摆了一个姿势。可是我一面对画架，就感到身体非常疲倦。我的房子朝北，屋里又只有一个火盆。尽管我把火烧得火盆架都要煳了，但是屋里还是不怎么暖和。她坐在藤椅上，交叠在一起的两腿肌肉时时反射似的抽搐着。我在拿刷子画着的同时，一阵阵觉得气不打一处来。这不是对她，而是对我自己再买不起一个炉子而感到气愤。同时我又为自己对这种事要着急上火而更加不满。

"你住在哪里？"

"我住在哪儿？我住在谷中三崎町。"

"一个人住吗？"

"不，跟朋友一起合租的。"

就这样，我一边跟她说着话，一边在画有景物的旧画布上慢慢地加上色彩。她歪着头，脸上完全没有表情。这还不算，她不管说话还是声调都很中规中矩，我只能认为那是她与生俱来的气质。等到她稍微没那么紧张之后，我也经常让她在规定的时间外继续摆姿势。然而，不知怎的，她这种眼睛都不眨一下的姿态，让我不由得有种奇妙的压迫感。

我的画作进展不大。我完成一天的工作后，基本上就倒在地毯上，揉揉脖子和肩膀，或呆呆地打量着房间。房间里除了画架之外只有一把藤椅。藤椅因空气里的湿度不同，有时就是没人坐也会发出声音。这时我会觉得很吓人，立刻会出去到哪儿散步。说是散步，其实也就是沿着房后的土堤，到有很多寺庙的乡镇街道去。

我一天也不休息，不断地面对画架画着，模特儿也天天都来。但是这期间，我还是在她的身体前觉得有压迫感，当然同时也对她健康的身体感到羡慕。她仍然是面无表情，眼睛盯着房间的一角，在粉红的地毯上躺着。

"这个女人，与其说她是人，倒不如说她更像个动物。"——我在画架上挥动着画笔，不时有这样的想法。

在一个暖风吹拂的下午，我仍然面向画架，一个劲儿地画着。模特儿好像比平时更沉默，这越发让我觉得她的体内有种野蛮的力量。我还觉得她的腋下有一种气味，那气味有点儿像黑人皮肤的那种臭味儿。

"你在哪里出生的？"

"群马县的××町。"

"××町？那里的织布厂很多啊。"

"是。"

"你会织布吗？"

"小时候织过。"

说话当中，我忽然注意到她的乳头长得很大，恰好像洋白菜的芽将绽未绽一样。我当然还是像平常一样用刷子画着，但是，她的乳头——奇怪的是我又不能不去注意她那既可怕又好看的乳头。

那天的风直到晚上都没有停。我突然从睡梦中醒来想去厕所。可是，等我意识清醒后才发现，尽管纸拉门已经打开了，但我依然围着房间转来转去。我不由得停下脚步，茫然地看着房间，最后将目光定格在脚边的粉红色地毯上。接着，我开始用赤裸的脚指头轻轻抚弄着地毯。那地毯当下给我的感觉就像皮毛一般。"这块地毯的背面是什么颜色呢？"——我对此产生了兴趣。然而，我对掀开地毯又感到莫名的害怕。

于是，我去了厕所以后，就急匆匆地上床了。

第二天我一干完活就觉得比平时更失落，这是因为我在自己的房间里反而觉得很不踏实。于是我又到房后的土堤上去。周围已经黑了下来，但是，奇怪的是在暗淡的光线里，树和电线杆还看得清清楚楚。我沿着土堤走着，一心想要大声叫喊，不过我当然要压抑这念头才行。我觉得我好像只剩下一个脑袋，往土堤下面寒碜的乡间街道走去。

这里的乡镇街道仍然几乎见不到行人，不过路边的一根电线杆上拴了一头朝鲜种牛。朝鲜牛伸着脖子，很奇怪，它的眼睛像女人的眼睛一样直直地盯着我看，那眼神就像是等着我到来的表情一样。我看出牛的表情里明显有一种挑战的意思。"这家伙对着屠夫肯定也是这样的眼神。"——这样的想法也让我感到不安，我渐渐地又忧郁起来，终于没经过牛旁边而拐进了胡同。

两三天后的一个午后，我依然在画架前不停地挥动着画笔。躺在粉红色地毯上的模特儿也一如既往地连眉毛都不动一下。前前后后算起来，这幅作品差不多已经画了半个月了，但我在这个模特儿面前依然没有完成我的作品。不仅如此，我们自始至终没有交心。不，确切来说，是她给我的压迫感越来越强烈了。她即便是休息时也连一件衬裙都不穿，对我的提问也只是随意地敷衍着。可是，不知今天怎么了，她背对着我（我突然发现她右肩上竟然有颗黑痣），将脚伸在地毯上，这样对我说：

"老师，来你家的路上，铺着几条细石条吧？"

"嗯……"

"那是胞衣冢呢。"

"胞衣冢？"

"是的，是埋了胞衣的标志。"

"为什么？"

"那上面写得很清楚啊。"

她越过肩膀看向我，突然露出近似冷笑的表情。

"每个人都是裹着胞衣来到世上的吧？"

"这话真是无聊。"

"可是，一想到是裹着胞衣出生的……"

"？"

"就感觉自己像小狗。"

我又在她面前开始挥动毫无进展的画笔。毫无进展？——然而，这并不能说我没有创作激情。我一直觉得她身上有种粗犷的野性。然而，我的能力却不足以将她的这种特质表现出来。况且，我内心深处对这种表现原本就是拒绝的。那么，要怎么办呢？——我继续挥动着画笔，心里不时想起在哪儿看到过的石棍和石剑。

她回去以后，我在昏暗的电灯下翻开高更的大型画册，看着一张张塔希提岛的画。看着看着我忽然发现自己嘴里在反复地说着文言文："吾思理应如此。"为什么要反复说这句话，我也不知道。我觉得挺吓人的，让女佣人铺好被褥，我吃了安眠药就睡了。

　　我睁开眼睛的时候已经快到十点了。大概是因为昨天晚上暖和，我躺在了地毯上。可比这更让我惦记着的是我睡醒前做的梦。我站在这间房子的中间，想用一只手把她勒死。（我清楚地知道这是梦。）她把脸略向后仰，眼睛闭着，脸上仍然毫无表情。她的乳房鼓得圆圆的很好看，乳房上隐隐看得到鼓起的蓝色血管。想要勒死她，我心里没有一点障碍。不，可以说心里有一种快感，好像是做了该做的事。她终于闭上眼睛，就像死了一样。——我从这样的梦里醒来，洗过脸后，又喝了两三杯浓茶。我的心情越发忧郁了。我心里其实并没有要杀她的想法，可是在我的意识之外——我抽着香烟，控制住自己的惴惴不安，专等着模特儿来。可是到了一点钟她还没有到我的房间来。在等待她的这段时间里，我心里很痛苦。我实在等不及了就想出去散步，但是散步对我来说也是很可怕的事，就连走到我房间的纸拉门外——这么简单的事我都觉得受不了。

　　天色彻底暗下来。我在房中不停地走来走去，仍然在等着应该不会再出现的模特儿。在这期间，我想起了十二三年前发生的一件事。我——当时还是孩子的我，也是在这样的黑暗中点火。当然不是在东京，而是在我父母住的地方——乡下的走廊外。这时，突然听到有人大喊了一声："喂！小心啊！"并使劲摇着我的肩膀。我当然以为自己坐在走廊上，但是模模糊糊地定睛一看，不知何时我已经蹲在屋后的葱田里，正急着在葱上点火呢。而火柴盒，不知何时也差不多快要空了。——我一边抽着烟，一边思考着我的生活里到底还有多少我所不知道的时间。我被这种想法吓到了，而不仅仅是不安。昨夜的梦里，我用一只手就掐死了她。然而，如果那不是梦……

第二天模特儿还是没来。我终于去了M，准备打听她的下落，可是M的主人也不知道她的事。我越发感到不安，就打听她的住处。据她自己说应该住在谷中三崎町，可是据M的主人说她住在本乡东片町。我在电灯刚亮的时候走到本乡东片町她的住处。她住的地方在一条小胡同，是一家涂着粉红漆的洋式洗衣店。在有玻璃门的洗衣店里两个只穿一件衬衫的工人正在使劲儿用熨斗熨烫衣服。我不慌不忙地要推开这家店的玻璃门，这时门却突然撞了我的头。这声音不但让工人吓了一跳，我自己也受惊不小。

我怯怯地走进店里，对其中一个工人说：

"这里有位叫××的小姐吗？"

"××小姐从前天就没回来。"

这句话加剧了我的不安。但是要不要接着问，我一时也有些犹豫不决。我不希望在某种场合引起他们的疑心。

"她有时离家，一个星期都不回来。"

一个面相难看的工人手没停下熨烫，又这么加了一句。我听得出他的话里明显带着轻蔑的口吻，我也生了气，匆匆离开了这家店。我在这个有很多店都关了门的东片町街上走着，忽然想起好像什么时候做梦遇到过这样的事。涂了油漆的洋洗衣店、面相难看的工人、里面烧着火的熨斗——不，连寻找她也的确和在几个月前（或者在几年前）做的梦里看见的一个样。另外，在那个梦里好像我离开洗衣店后也是一个人在没人的街上走着。然后……然后我就一点儿也不记得那个梦的后来怎样了。但是我想，要是现在出了什么事的话，很可能立刻就会成为梦里的事……

往生画卷

孩童 哇，那儿来了个奇怪的法师呢，你们大家看啊！你们大家看啊！

卖寿司女 当真是一个怪异的法师，竟然一边敲着铜锣，一边大声叫喊着什么。

卖柴老翁 或许是因为耳背吧，我压根儿就听不清，他在喊些什么？

打金箔男 他喊的是"喂——喂——阿弥陀佛"呀！

卖柴老翁 咦——这么说的话，果真是个疯子了。

打金箔男 唉，想必就是吧。

卖菜老妪 不，没准是尊贵的上人呢。我还是趁现在先拜为敬吧。

卖寿司女 是那么说，可他不是分明长着一张怪吓人的面孔吗？长着那种面相的上人，就是打着灯笼也找不到吧。

卖菜老妪 嘘——大不敬的话不要说。若真因此受到惩戒，你可怎么担待得起哟！

孩童 疯子！疯子！

五位僧人 喂——喂——阿弥陀佛！

狗 汪——汪——汪汪。

拜神的妇人 瞧，前面来了个滑稽的法师。

同伴 那种混蛋，一看见女人，难保不动邪念啊。趁他还没
有靠近，你赶快换到这边的道上来吧。

铸铁匠 咦——那不是多度的五位殿下吗？

卖水银的商贩 尽管弄不清他是五位殿下或者别的什么，但
有一点我倒是知道，他是突然放下弓箭出家入道的，这
事还在多度引起了轩然大波呢。

青年武士 果然是五位殿下。他的夫人和儿女们应该都在哀
叹吧。

卖水银的商贩 听说，他的夫人和儿女们整日哭泣呢。

铸铁匠 怎么说呢，他既然宁愿舍弃妻儿也要遁入佛门，应
该是胸怀大志吧。

卖鱼干的女贩 这算什么胸怀大志？站在被抛弃的妻子的立
场，无论是佛祖还是其他女人，只要抢走了自己的男人，
那就一定是自己的仇人！

青年武士 哇，居然这也能成为理由之一。哈哈哈哈哈。

狗 汪汪——汪汪。

五位僧人 喂——喂——阿弥陀佛！

马上的武士 咦，连马都受惊了？驾！驾！

身背木柜的随从 对疯子可真是一点儿办法也没有。

老尼姑 如你们所知，那个法师曾是个杀生成性的恶人，但
如今却出家信佛了。

小尼姑　的确，曾经是一个可怕之徒呢。不光上山打猎，下河捕鱼，还远远地向乞丐发射弓箭。

跛脚乞丐　真算是在好时候遇见了他。要是再早个两三天，没准我的身上已经被他用箭射了个窟窿吧。

卖栗子和核桃的商贩　那么爱杀戮的人，怎么突然就皈依佛门了呢？

老尼姑　是啊，确实有些出人意料。不过，或许是佛祖的旨意吧。

卖油商贩　我琢磨着，肯定是被天狗或别的什么附体了吧。

卖栗子和核桃的商贩　不是吧，我觉得应该是被狐狸附了体。

卖油商贩　可是，天狗本身就很容易化身为佛啊。

卖栗子和核桃的商贩　什么啊，又不是只有天狗能够化身为佛。狐狸也能化身为佛啊。

跛脚乞丐　哎，还是趁着这工夫，去把板栗偷过来，藏进脖子上的口袋里吧。

小尼姑　也许是被那铜锣声吓住了吧，瞧那些鸡，不是全都飞上了屋顶吗？

五位僧人　喂——喂——阿弥陀佛！

钓鱼的庶民　啊，那个吵死人的法师到这边来了。

同伴　发生了什么事？连那个跛脚乞丐也跑过去了。

罩着斗笠面纱的女旅人　我的脚都走得酸痛了，真想借那乞丐的脚来用用啊。

身背皮箱的随从　跨过这座桥以后，很快就到城里了。

钓鱼的庶民　真想瞧一眼，那斗笠面纱里面的人究竟是个啥模样。

同伴　哈哈，你只忙着左顾右盼了，鱼饵都被吃掉了。

五位僧人　喂——喂——阿弥陀佛！

乌鸦　嘎——嘎——

插秧女　子规呀，你呀，你这个坏家伙。就是你叫了，我们才下田的呀。

同伴　看！这不就是那个怪异的法师吗？

乌鸦　嘎——嘎——

五位僧人　喂——喂——阿弥陀佛！

人声暂时歇息了。周遭只传来风中的松涛声。

五位僧人　喂——喂——阿弥陀佛！

年老的法师　和尚！和尚！

五位僧人　您是叫在下吗？

年老的法师　自然是你。和尚这是要到哪里去？

五位僧人　要到西方去。

年老的法师　西方是大海。

五位僧人　纵然是大海，也在所不辞。鄙人将一直西行，不见到阿弥陀佛绝不罢休。

年老的法师　这就着实奇怪了。那么，小僧是认为，立刻就能亲眼见到阿弥陀佛了？

五位僧人　如果不是这样想，鄙人又怎么会如此大声地叫唤佛陀的名字呢？鄙人之所以削发出家，也是为了这个目的。

年老的法师　这中间是有什么缘由吗？

五位僧人　不，并不存在什么隐情。只是在前天狩猎归来的途中，听见某个讲法者正在宣讲佛法。据他说，无论是犯有何种破戒之罪的恶人，只要承蒙阿弥陀佛的知遇，就都能进入西方净土。听闻此言，鄙人蓦地因渴念阿弥陀佛而周身热血沸腾……

年老的法师　之后，和尚又做了什么？

五位僧人　小僧马上将讲道者一把拉过来，摁倒在地。

年老的法师　什么？你将他摁倒在地？

五位僧人　接着拔出我的刀，抵在传道者的胸口，责令他说出佛祖的下落。

年老的法师　这倒是少见的问法。讲道者一定被你吓到了吧？

五位僧人　他痛苦地向上翻着白眼，连声说道："在西边，在西边。"——瞧，说着说着，都已经日落西山了。哎，路途上耽搁得越久，在阿弥陀佛面前就越是诚惶诚恐。所以，我还是打住话头，就此赶路吧！——喂，喂，阿弥陀佛！

年老的法师　真没想到会遇到如此狂人。罢了，我还是回去吧。

再度传来了松涛的声音。还有波浪的声音。

五位僧人　喂——喂——阿弥陀佛！

波浪声。时而还有各种鸟类的声音：叽——叽——

五位僧人　喂，喂，阿弥陀佛！——怎么，这海滨就连一艘船影也看不到。映入眼帘的，唯有滚滚波涛。阿弥陀佛居住的圣所，或许就在那波涛的对面吧。倘若我是一只鸟儿，便可以纵身飞渡而去……可是，既然那个讲法之人说了，阿弥陀佛的慈悲是广大无边的，那么，只要我一直呼唤佛陀的名字，那他就不至于不理不睬吧。否则，我便只能一直呼唤他的名字，直到死去。所幸的是，这儿的枯木已经又抽出了新枝，那就姑且先登上枝头吧。——喂，喂，阿弥陀佛！

波浪声再次袭来。哗啦——哗啦——

年老的法师　自从遇见那个疯子以后，今天已经是第七天了。他还说，他要去亲眼看看阿弥陀佛的肉身呢。那以后，他又去了哪儿呢？——哇，有人爬在这棵枯树上呢。不用说，他肯定就是那个法师了。喂，小僧，小僧……他一声不吭，也没什么可奇怪的，因为不知什么时候，他已经断了气。瞧他身上，居然连只食品袋也没有，想必是饿死的吧。真是可怜啊。

第三次听到波浪声。哗啦——哗啦——哗啦——

年老的法师　就这样把他丢在树枝上不管，没准会被乌鸦叼食吧。或许一切都是前世的因缘。我是不是该把他安葬了呢？——哇，这是怎么回事？瞧这法师的尸体！他的嘴巴里，竟然绽放着一朵雪白的莲花呢。怪不得一到这里，就觉得周围弥漫着一股异样的芳香。如此说来，那个我以为是疯子的家伙，其实乃是一个尊贵的上人吧？我一无所知，竟然说了好些无礼的话，实在是罪过。啊，南无阿弥陀佛，南无阿弥陀佛，南无阿弥陀佛。